自宅アパート一棟と共に異世界へ

蔑まれていた令嬢に転生(?)しましたが、自由に生きることにしました

Kisaragi Yukina
如月雪名
ill.くろでこ

JITAKU APART ITTO TO TOMONI ISEKAI HE

賢也《けんや》
サラの兄。
サラによって異世界に
召喚される。
世話焼きでしっかり者。
旭《あさひ》
サラと賢也の幼馴染。
ひょんなことから
ダンジョンで出会う。
おっとりした性格。
サラ
本作の主人公。
異世界に転移した元・日本人女性。
異空間のアパートで
暮らしながら、冒険者として
活動している。

アーサー
サラがダンジョンで
出会った冒険者。
正義感が強く、
頼りになる。
エリザベス
サラがダンジョンで
出会った冒険者。
姉御肌で話しやすい。
CHARACTERS

第一章　自宅アパートと共に異世界転移

「痛っ……何？」

目が覚めると、軽い頭痛がする。

倒れた時に頭でも打ったのかしら？

私――椎名沙良《しいなさら》は今年で四十八歳になる。

もういい年だし、これ以上、記憶力がなくなると困るんだけどなぁ。

スーパーの帰り道、あと少しで自宅のアパートが見えるというところで、突然地面が揺れたと思ったら、目の前が真っ暗になった。そこまでは覚えている。

それ以降の記憶がないので、私は意識を失ったのか……

脳卒中《のうそっちゅう》とかじゃないわよね？

今年受けた健康診断では、特に異常はなかったはずなんだけど、急に意識を失うなんて、どこか体が悪いのかもしれない。

来週、有給を取って、兄の賢也《けんや》が医師として勤務している病院で診察してもらおうかな。

一応、頭にたんこぶができていないか調べ、他にも怪我をしたところがないか、体のあちこちを触り、出血や痛みがないことを確認した。

薄暗くてよく見えないけど、まぁ頭痛以外は、特に体に問題はなさそう。

そして、ふと辺りを見渡すと――

「えっ？　ここ、どこ？」

私がいるのはさっき倒れた道端じゃなく、小屋のようなところだった。

誰か親切な人が倒れた私を運んでくれたにしては、おかしい気がする。

倒れた時の状況を考えると、今は病室にいるのが普通じゃないかしら？

それなのに、なんで小屋？　しかも床が地面だ。

徐々《じょじょ》に目が慣れてくると、小屋の中の様子がよく見えてきた。

私以外誰もいないことや、地面に薄汚れた布団が直接置かれていることを発見する。

もしかして私、気を失っている間に誘拐でもされたの？

こんな普通のおばさんを誘拐したってお金なんか取れないわよ！

でも誘拐にしては、手足は自由だし、目隠しや猿《さる》ぐつわもされてないんだよね～。

なんの拘束《こうそく》もされてないのは、逃げても無駄な場所に連れてこられたからなのか？

もしここが山奥の小屋だとすると、叫んでも助けは呼べなさそうだ。

じゃあ携帯で連絡してみるのはどうかと思い、鞄の中から取り出そうとして、持っていた鞄やスーパーで購入した荷物がないのに、今更ながら気付いた。

「おうっ、終わった……」

ここがどこかはさっぱりわからないし、そもそも携帯の電波が届くか微妙だけれど、これで完全に助けを呼ぶ選択肢がなくなってしまった。

犯人は、そこまで馬鹿じゃないらしい。

すぐにでも小屋から逃げ出したいけど、場所がわからなければ迷子になること間違いない。

そもそも方向音痴《ほうこうおんち》の私が一人で逃げ出すのは無理だ。

どうしようかと遠い目をした時、一枚の封筒が視界に入った。

なんとなくそれを手に取ってみると、封筒には『詫《わ》び状《じょう》』と書かれている。

詫び状ねぇ～。

誘拐犯が書いたものだったら、誘拐の理由とかが書いてあるのかも。

私を誘拐する理由はなんだったのか、すごく気になる。

少なくとも、身代金目当てじゃないのは確かだろう。

封筒を開くと、何枚かの便箋《びんせん》が入っている。

そこには、ふざけてるとしか思えない文章が書かれていた！

誘拐犯が私をからかって書いたのかと思ったくらいだ。

とても困ったことになっている貴女《あなた》へ。


私がすべての元凶です。

まず、いま貴女がいる世界は地球ではありません。

科学の代わりに、剣と魔法が栄えた、ファンタジーの世界です。

そしてとても残念ですが――椎名沙良様は、こちらの手違いでお亡くなりになりました。

貴女にはこれから、カルドサリ王国のハンフリー公爵家《こうしゃくけ》、リーシャ・ハンフリー第一令嬢、十二歳として生きていただきます。

この責任を取り、できうる限りの保障をさせていただきました。

左記にリーシャの家庭環境と、オプションでつけさせていただいた能力を記載いたしますので、ご確認ください。


「誰よ、それっ！」

途中まで詫び状を読んだところで、率直な気持ちが口から出てしまった。

いやいや、そんなことよりまず自分が死んだとか、ここが別の世界とか、突っ込むところが多すぎる。思わず大声で叫んでしまうくらいには、わけがわからない。

この展開はまるで……生前に読んだファンタジー小説みたいだ。

体の大きさは生前と変わらず、多分見た目はまだ沙良のままだ。

異世界転生ではなく、異世界転移《いせかいてんい》のようだけど……

これでリーシャとして生きていくの……？

それともこれから姿が変わるのだろうか？

三十六歳も若返るのか……

性別が変わっていないことに感謝しろとでも言うのか？　無理でしょ！

とにかく現状を把握するべきだと、動揺を抑《おさ》えながら続きを読んでいく。

【リーシャの家庭環境】
母：ファイナ・ハンフリー。享年三十歳。二年前に逝去《せいきょ》しました。
父：ケンドリック・ハンフリー。三十三歳。公爵家当主です。一年前に後妻と再婚していです。

父の後妻：リンダ・ハンフリー。三十二歳。継承権は持っていません。
後妻の連れ子：サリナ・ハンフリー。十二歳。継承権は持っていません。

現在、公爵は王都で社交のため不在です。

後妻のリンダが領地の公爵邸を仕切っており、リーシャは連れ子のサリナに部屋を追い出され、納屋《なや》で監禁生活を送っている模様です。

こんな家庭しかご用意できず、大変申し訳ありません。


「申し訳ありませんじゃないわよ。思いっきり虐待《ぎゃくたい》されてるじゃん、私！」

思わず、読んでいた便箋を思いっきり地面に投げつけてしまった。

いや、こんな呑気《のんき》にしてる場合じゃない。このままじゃ命が脅《おびや》かされる。

そう思い、投げつけた便箋を手に取り、再び読むことに。


【リーシャの能力】
※保障として左記の魔法を授けます。

●ホーム（時空魔法《じくうまほう》）
・地球の椎名沙良様の自宅アパートを、異空間に創造しました。
・自宅アパートに自由に移転できます。
・家賃・水道光熱費は無料です。
・四階建てアパート十二部屋、全て使用可能です。
・異世界お試し期間として、部屋にある全ての食料やアイテムは、それぞれ三百六十五個まで増やすことができます。
・室内は可能な限り、原状回復済みです。
・ホーム内にないアイテムの追加登録が可能です。追加登録したものは、使用したり食べたりすることができます。三〇三号室のみ、追加登録したものを、三百六十五個まで増やすことができます。
・10レベル上がるごとに、異空間の範囲が広がり、自由に使用できる場所が追加できます。最大十か所。

●アイテムボックス（時空魔法）
・容量は無限です。

・入れたものの時間を停止させることができます。

●マッピング（時空魔法）
・地図を作成することができます。
・地図に表示されている範囲内であれば転移することができます。

●召喚《しょうかん》（時空魔法）
・地球の人間を呼び出せます。
・召喚した人間は地球に送り返すことができません。
・10レベル上がるごとに、一人召喚できます。
・おまけとして、現在一人召喚可能です。
・召喚した人間には、異世界の能力をランダムに三つ与えます。

この手紙を読み終えたあと、椎名沙良様の肉体は消滅し、リーシャに変換されます。
まずは《ステータス》と唱え、能力を確認することをおすすめします。
最後に、このような不幸な目に遭《あ》わせてしまいましたが、これからの貴女の人生が幸《さち》多からんことを、お祈り申し上げます。


読み終わると、突然体が大量の光に包まれ、眩《まぶ》しくて目を閉じる。

その数秒後――

目を開けると、自分の体とは思えないほどに、痩《や》せ衰《おとろ》えた腕が見えた。

「まじか～。誰か知らないけど、とりあえずなんの能力もなく、転移させられなかったのは感謝します。できれば、残りの人生を地球で終えたかったけど……」

私は四十八歳独身で、十八年一人暮らしをしており、築二十年の３ＬＤＫのアパートに住んでいた。仕事は三か月更新の派遣事務で、家族は両親に兄と妹と双子の弟がいる。

そして日々、恋人いない歴を更新中の割には、それなりに楽しく暮らしていた。

それが現在、異世界の公爵令嬢十二歳――ただし、虐待されている可能性大とは……

「ふう～。とりあえず言われた通りにやってみますか。《ステータス》！」

すると突然、目の前にゲーム画面のようなものが映し出される。


【リーシャ・ハンフリー】
・年齢：十二歳　・性別：女

・レベル：0　・HP：48　・MP：48
・時空魔法：ホーム（レベル0）、アイテムボックス、マッピング（レベル0）、
召喚

子供時代にRPGをやり、ファンタジー小説をいくつか読んだことがある身としては、いささか物足りない。

「えっ？　これだけ？」

攻撃力・防御力・魔力・知力・素早さ・運とか、ないんかい。

何か能力の説明は書いていないかと、ホームと表示されている場所に指で触れる。

すると部屋の番号と共に、転移可能という言葉が表示される。

少しの間考え込んだあと、ええいっ、ままよ！　女は度胸《どきょう》！

思い切って、三〇三をタップした瞬間、自宅の玄関にいた。

見慣れた玄関に着いた途端《とたん》、安堵《あんど》して、思わずその場で座り込んでしまった。

異世界に転移させられたと知った時は、一体どうなることかと思ったけれど、自宅に戻れるなら、安全は確保できた。これで、万が一のことがあっても、命の危機からは逃れられるだろう。

安心したら、お腹が空《す》いてきたので何か食べよう。

すり切れた革靴を脱ぎ、部屋に入る。

リビングまで歩くと、テーブルや床は、私が死んだ時に持っていた鞄と、スーパーで購入した食品が入ったマイバッグ、購入した覚えのない食品で溢れかえっていた。

足の踏み場もない状態で困ってしまう。

とても冷蔵庫に入りきらない。

でも、これはアイテムボックス初使用のチャンスなのでは？

食品をアイテムボックスへ収納！　と念じると、全ての食品が消えてしまった。

流石《さすが》、ファンタジー！

再びステータス画面を呼び出し、部屋番号の表示を指でタップする。

すると、『収納済み』と『登録済み』とあり、『収納済み』のタブを開くと、さっきしまった食品がちゃんと表示された。

【三〇三号室・収納済み】
主食：米十キロ六袋、食パン五個、ロールパン六個、メロンパン二個、
カレーパン三個、ピザパン二個、ウインナーロール二個、ｅｔｃ…
肉類：あらびきウインナー、赤いタコさんウインナー、鶏胸肉三百グラム、

鶏もも肉三百グラム、手羽元六本、鶏ひき肉三百グラム、etc…
野菜：白菜一個、大根一本、キャベツ一個、ごぼう三本、じゃがいも六個、
さつまいも三本、きゅうり三本、レタス一個、etc…
果物：りんご二個、バナナ六本、いちご二パック、みかん十二個、etc…
菓子：板チョコレート二枚、薄切りジャガイモスナック三袋、etc…
コンビニ商品：のり弁当二個、からあげ弁当二個、etc…
冷凍食品：アイス二十個、ギョーザ六個入り二袋・えびピラフ二袋、etc…
飲料：牛乳一リットル二十本、オレンジジュース一リットル十本、etc…

「何これっ？」

ずらずら食品名が表示される画面をスクロールし、しばし唖然《あぜん》となる。

室内にあったものはアイテムボックス内にしまったけれど、もしかして、目についていない場所にも食料があるのかしら？

急いで冷蔵庫の中身を確認すると、今朝家を出た時とは異なり、食品が明らかに増えている。

さらに全てのものが未開封となり、賞味期限が延びていた。

十二年使用している冷蔵庫がなんだか綺麗《きれい》になっているし、よく見ると、汚れていた台所もスッ

キリとしており、壁紙も新しくなっているみたいだ。

どういうことか考えてみる。

確か手紙には『室内は可能な限り、原状回復済み』と書いてあった。

う～ん、どれも以前に購入した覚えはあるけど、まさかゴミ袋の中身まで回復したのかしら？

そう思いゴミ箱を確認すると、中身は空っぽになっていた。

ゴミ出しが面倒で、最後に出したのは約一か月前。

生ごみは処理機で細かくし、ベランダで育てている野菜の肥料にするから出ない。

牛乳パックは洗って束ねており、食品トレイや弁当の容器なんかも洗ってから、重ねて特大袋に入れたままだった。

なるべくゴミを減らすべく、お菓子やお米の袋なんかは小さく折り畳み、テープで止めていた。

だから沢山あるのだろうか……まっいいや、多くても困らない。

しかも、使用しても三百六十五回まで復活できるなら……

うん、いっぱいあるね！

続いて、干してあった下着を見ると、どれも新品になっていた！

靴下にできていたダマはなくなり、少しヨレていたブラジャーも購入時の状態に戻っている。

ゴムが伸びていたパジャマも同様だった。

おおっ、すごい！　ひょっとして……

一番高い美容液を調べると、未開封のまま。

ついでにお風呂場も確認してみる。なくなりかけていたシャンプーのボトルも満タンだ。

ふと、お気に入りのカシミヤのセーターが、以前虫に食われてしまい、穴が空いたのを思い出す。

洋服ダンスから取り出すと、穴はなくなっていた。

白のブラウスはカレーを零《こぼ》してシミになっていたけど、これも元の状態に戻っていてなんだか得した気分になった。

もう一つの『登録済み』のタブを開くと、さらに多くアイテムが表示される。

【三〇三号室・登録済み】
電化製品：ＴＶ一台、ＤＶＤプレーヤー一台、ノートＰＣ一台、プリンター一台、
冷蔵庫一台、洗濯機一台、エアコン三台、生ゴミ処理機一台、
オーディオ一台、デジタルカメラ一台、掃除機一台、ｅｔｃ…
家具：テーブル一個、椅子四脚、洋服タンス二棹《さお》、食器棚二個、
セミダブルベッド一個、机一個、本棚三個、ｅｔｃ…

※アイテムの追加登録が可能です。

確認するのも大変になり、途中で画面をそっと閉じた。

洋服、下着、生活用品、食品、調味料、酒類など、生活に必要なものは全てある。

しかも、十二部屋分、全てのアイテムを三百六十五回復活させることができるなら、もうこのまましばらく引きこもり生活しても大丈夫かなぁ〜。

能力の確認も終わったし、次は何をしよう……

「とりあえず、ご飯を食べよう」

空腹時に考えても、ろくなことはないから、いったん思考を放棄し、お腹を満たすことにした。

仕事が終わってから、まだ何も食べてない私はお腹が空いているのだ。

現在時計の針は午後九時十分を指している。

スーパーを出たのが、午後七時過ぎだから、まだ二時間しか経っていないことになる。

これが異世界転移かぁ。なんか自宅にいると全然実感が湧《わ》かない。

食事を作る元気もないので、のり弁当をアイテムボックスから取り出し、急須でお茶を淹《い》れて、食べる。いつもと同じ味がしてほっとした。

異世界転移定番の現地の食事が合わないという展開は、ホームやアイテムボックスの能力のおかげで回避できそう。やっぱり、ご飯が合わないのは辛《つら》い。

しばらくお茶を飲みつつ、ボ〜ッとしたあと、自分の姿を確認していないことにふと気付く。

一番初めに確認しなきゃいけないことを、すっかり忘れていたわ！

急いで席を立ち、寝室の姿見を覗《のぞ》いてみると、そこには生成りのワンピースのような服を着た、小学六年生くらいの女の子が立っていた。

セミロングのくすんだ金髪で茶色の目をしている。

身長は百五十五センチくらいはあるだろう。

身長は前世とさほど変わらなさそうだ。残念ながら私は中学生以降、一センチも伸びなかったので……

よかった、これなら自宅にある服は着られそうだけど、ブラジャーが全滅かも……

沙良の時はDカップあった胸は、どう見てもBカップ以上あるようには見えない。

「これが私なの？　ってなんで十二歳なのよ！」

がっくりと肩を落とす。

別人になり、子供に若返ってしまったのは全然嬉しくない。

四十八歳だった自分の姿に戻りたい。

もう今日は、何も考えたくないからシャワーを浴びて寝よう……

◇　◇　◇

翌朝六時、いつもの時間に目が覚めた。

ベッドから起き上がり、一番初めに姿見の前に立つ。

鏡の中には、昨日より幾分か綺麗になった子供がいて、夢オチじゃなかったことに気が遠くなり、眩暈《めまい》がした。

昨夜、シャワーを浴びようと服を脱ぎ、全裸になった時、青あざを至るところに見つけて、怒りが湧いた。

昨日読んだ手紙には、公爵は王都で社交のため不在。後妻のリンダが領地の公爵邸を仕切っていると書いてあった。

目に見える顔や手足にあざはなく、虐待を隠していたように思える。

そして、どう見ても痩せすぎな体。おそらく栄養失調になっている。

後妻は、よほど前妻の子であるリーシャが気に食わなかったんだろう。

暴力もそうだし、子供部屋から追い出して、納屋に住まわせるなんてあり得ない。

父親は気付かなかったのだろうか？　親が子供の状態を把握していないのは育児放棄と同じだ。

リーシャの体は、一体何日洗ってなかったんだってくらい汚れていた。

昨日シャワーを浴びる時は、全然泡立たないから、三回もシャンプーをする必要があったし、体を洗えば、全身から垢《あか》がボロボロ出てきた。

パジャマに着替えた時は、沙良と同じ身長なのに……ブカブカだったよ。

重い溜息を吐いて、これから先のことを考える。

とりあえず、衣食住の心配は当面なくなったから、リーシャの家庭環境を把握して、改善できるように頑張らなくては！

ただ、リーシャの記憶が全くないのが痛い。

そして四十八歳の私に十二歳の少女のフリができるだろうか？

子供の頃を思い出して演技するしかないけど、これ相当恥ずかしいわ。

誰が味方で誰が敵なのか……知っている人間がいない中での情報収集は難しそう。

でも、とりあえず後妻は完全に敵だ！

連れ子は手紙によると十二歳なので、母親の真似をしているだけかもしれない。

父親は虐待に気付いていないようだし、あまりいい親ではなさそうだ。

このままホームに引きこもっているわけにはいかないので、元の場所に戻らないとダメだろう。

食事が用意されるとしても、まともなものじゃないはず。でなければ、リーシャがこんなに痩せているわけがないから。

何か食べてから戻ったほうがいいか。コーヒーを淹れ、アイテムボックスからミックスサンドとバナナを一本取り出して食べておこう。

現在、時計の針は六時三十分を指している。

異世界が、このホーム内の時間と連動しているかは不明だ。

あの納屋にいつ人が入ってくるのかわからないため、昨日着ていた服に着替え靴を履《は》きかえる。

ステータス画面を呼び出し、ホームのタブをタップした。

『ハンフリー公爵邸内の納屋』という項目があったので、選択してみると、一瞬で景色が変わった。

どうやら無事に納屋の中に移動できたようだ。

納屋の中を確認すると、六畳くらいの広さで窓が一つある。

ガラスは透明ではなく、曇《くも》りガラスのようだ。薄汚れた布団以外、何もない。

「寒っ！」

転移したばかりの時は、突然の展開についていくのが必死で気にしていなかったけど、冷静になってみると、かなり気温が低い。

そういえば、今日は地球では十二月二十五日だった。もし、この世界に四季があって、時間が対応しているなら、今は冬なのかな？　忘れていたけどクリスマスじゃん。

本当なら仕事が終わってから実家に寄り、家族と一緒に夕食とケーキを食べる予定だったのに。

何故こんなことになっているのか、不思議でしょうがない。運命って残酷《ざんこく》だ。

栄養失調でガリガリな体では、この寒さじゃ風邪を引くかもしれない。

アイテムボックスから冬用の下着二枚と、裏起毛のついたレギンス二枚を取り出し、着ていたワンピースの中に着る。

スカート丈が足首まであって助かった。これで大分温かくなる。

欲をいえば、このいつ洗濯したかわからないような服も別のものに替えたかったけど、仕方ない。

流石に昨日着ていた下着をもう一度使う勇気はなかったから、綿素材の長袖の下着とドロワースはアイテムボックスに収納している。今夜忘れずに洗濯しておこう。


さて、これからどうしようか……

まずはここから出られるか確認しよう。

目の前にある扉を開けようとしたけど、取っ手を掴んで、押しても引いても開かなかった。

うん、間違いなく監禁されてるね！

少し動いてみて気付いたけど、リーシャの体は体力がなさすぎる。

栄養失調のせいか、立っているだけでくらくらするのだ。

これからは私の体になるので早急に、この体力のなさと栄養失調の状態を改善しないとダメだわ。

このまま立っているのもしんどいため、地面に置かれたボロボロの布団に座る。

それにしても、公爵邸によくこんな酷《ひど》い状態の布団があったな。

使用人だって使わないようなボロさだ。後妻が用意して、わざわざここへ運ばせたんだろうか。

なんと言うか、すごい執念《しゅうねん》を感じた。

いくら前妻の子供で疎ましいからといって、ここまでやる必要があるのか。

一体、リーシャの何がそんなに気に入らず、虐待をしているんだろう？

確か父親は、王都に社交に行っているんだったか……

ここから王都がどれくらい離れているかわからないから、あと何日監禁されるか不明だけど、殺されることは考えにくいから、誰かがこの納屋に食事を持ってくるだろう。

その時いなければ大騒ぎになってしまうため、やっぱりそれまでは大人しく納屋の中にいたほうがよさそうだ。

そういえば、昨日の封筒と手紙がない。どこに消えたのか？

もしかしてと思い、アイテムボックスを確認すると、『その他』の項目内に入っていた。

手紙の内容を全て覚えているわけじゃないから助かった。

時間は沢山ありそうだし、もう一度読んで、しっかり自分の能力を把握しよう。

【リーシャの能力】

※保障として左記の魔法を授けます。

●ホーム（時空魔法）

・地球の椎名沙良様の自宅アパートを、異空間に創造しました。
・自宅アパートに自由に移転できます。
・家賃・水道光熱費は無料です。
・四階建てアパート十二部屋、全て使用可能です。
・異世界お試し期間として、部屋にある全ての食料やアイテムは、それぞれ三百六十五個まで増やすことができます。
・室内は可能な限り、原状回復済みです。
・ホーム内にないアイテムの追加登録が可能です。追加登録したものは、使用したり食べたりすることができます。三〇三号室のみ、追加登録したものを、三百六十五個まで増やすことができます。
・10レベル上がるごとに、異空間の範囲が広がり、自由に使用できる場所が追加できます。最大十か所。

●アイテムボックス（時空魔法）
・容量は無限です。
・入れたものの時間を停止させることができます。

●マッピング（時空魔法）
・地図を作成することができます。
・地図に表示されている範囲内であれば転移することができます。

●召喚（時空魔法）
・地球の人間を呼び出せます。
・召喚した人間は地球に送り返すことができません。
・10レベル上がるごとに、一人召喚できます。
・おまけとして、現在一人召喚可能です。
・召喚した人間には、異世界の能力をランダムに三つ与えます。

どうやらレベルというものがあって、上げることができるみたい。

上げる方法の定番は魔物を倒すとかかな？

そういえば、ＨＰとＭＰがそれぞれ48だったけど、これって元の年齢？

ホームは自分の住んでいたアパートを使用することができる能力だ。

しかも十二世帯分の部屋にある全ての食料とアイテムが、三百六十五回まで使用可能……

この追加登録と復活というのがよくわからないんだけど……

私が住んでいた部屋以外は、登録済みのものしか補充できないのかしら？

他の世帯に何があるのか、ちょっと確認してみるか。

一〇一号室は確か若い夫婦が住んでいて、幼稚園に通っている女の子がいたはず。

ずらずらと画面に表示される内容を見ていくと、基本的な家具・家電は揃っている。

私の部屋にないものは旦那さんと子供の洋服、下着、靴、鞄、私が購入してなかった食品、おもちゃ類ぐらいかな？

続けて他の部屋も見てみると、アウトドアや釣りなんかの趣味用品がある。

面白いのは昨日が十二月二十四日だったため、どの部屋にもホールケーキがあり、ピザやフライドチキンやお寿司もあったことだ。

このアパートの住人を全員知っているわけじゃないけど、私以外は家族で住んでいたから、大抵どの部屋にも、男性と子供用の服がある。

まっ、普通3LDKに一人では住まないか。

私は兄弟が多くて実家が手狭だったから、広い部屋に憧れていたのよね。

自分の部屋以外は特に追加登録するものもないので、食品類をさっさと三百六十五個まで増やして、アイテムボックスにしまった。

ホームで各部屋に入る必要があるのかと思ったけど、画面内でアイテムを増やすことができ、視界に入れずとも、全て収納することができた。部屋には何も残っていない状態だ。

これから他の部屋を使用する機会があるかわからないけど、誰かが住んでいた状態のままよりはいいだろう。

次にマッピングを使用すると画面に納屋が表示される。しかも三次元の状態で。

平面のほうが見やすいなぁと思ったら画面が切り替わった。

上空から見た納屋の屋根が映っている。なかなか便利な魔法だけど現在監禁中の私には役に立たない。

最後の召喚という魔法は……地球の人間を呼び出せるらしいけど、送り返してあげられないんじゃ気軽に使えないじゃん！

召喚なら魔物や精霊とかのイメージがあるけど違うのか。

呼び出した人の人生を背負う覚悟がなきゃ、無理だわ。

しいて言えば、呼び出せるのは家族ぐらいか……

私は突然死んでしまったから、家族はきっと悲しんでいると思う。

身内を召喚しても、私が生きてるとわかったら怒られないかも？

どうだろう……知り合いが誰もいないこの世界で、現在一人呼び出せるというのは、精神的にかなり助かる。今は無理だけど、落ち着いたら考えてみよう。

能力について、ひと通り復習と確認ができたので、改めて自分の格好と納屋の中に目をやる。

ああそうだ！　昨日、髪を洗ってしまったから、このままだと不自然だよね？

地面の土をすくい髪にかけて全体的にまぶしていると、ようやく誰かが来たのか、扉のほうから音がした。

扉が開き、灰色のメイド服を着た女性が、手にトレイを持ち入ってくる。

年齢は二十歳くらいだろうか？　茶色の長い髪に黒い瞳の、きつそうな顔立ちをしている。

彼女からなんとかして情報を聞き出さなくちゃ。

「おはようございます」

とりあえず挨拶からだろうと思って言ってみたけど、返事もなくそのまま無言でトレイに置かれたパン二つを地面に投げ捨てられる。

いや〜、ないわぁ。思わず怒鳴《どな》りたくなったけど、十二歳のリーシャじゃ、何も言えないだろうと思い、口を閉じる。

「あの……お父様は、いつ王都から戻りますか？」

そう言ったものの、メイドは私を睨みつけ、何も言わず出ていった。

初めて遭遇した異世界人は、後妻側の人間だったようだ。

公爵令嬢のリーシャ相手に、メイドがこの態度を取れるということは、後妻は公爵邸でかなり権力を握っているんだろう。

後継ぎの娘を、ここまで蔑《ないがし》ろにするとは。

いや、待てよ？　私が喋《しゃべ》っていたのは日本語だけど、通じたのかしら？

メイドは驚いた様子もなかったから、違う言葉を話していた感じはしない。

転移させた人が、サービスで言語理解の能力もつけてくれたのかな？

地面に落ちた掌《てのひら》サイズのパンを手に取ってみると硬く、これがこの世界の標準なのか、焼き上げてから数日たったものなのかは不明だけど、食べるのはやめておいた。

二つともアイテムボックスに収納する。

それにしても、硬いパン二つって……肉も野菜も飲み水もないとは酷すぎる。

その後、時間はわからないけど、朝と同じメイドが、お昼頃と夕方頃に、またパンを二つ地面へ投げ捨てていった。

私はアイテムボックスからペットボトルの緑茶と、温かいからあげ弁当を取り出して、昼食に食べたけどね。

もし私がリーシャの姿じゃなかったら、彼女の胸倉《むなぐら》を掴み、地面に捨てたパンを拾わせただろう。

そのパンも誰かが作ったものなのに、食べ物を粗末に扱うなんてとんでもない！

厳格な身分社会に生きていたであろうリーシャは、メイドからこんな仕打ちをされても、何も言わなかったんだろうか？

公爵令嬢なら、自分より身分が上の人間は王族ぐらいしかいないと思うんだけど……

トイレは我慢できなかったため、ホームで自宅に帰り、済ませた。

何もすることがなかったので、小説を持ち込み時間を潰す。

三度目にメイドが出ていったあと、もう来ないだろうと、自分の部屋へ帰った。

今日一日で与えられたご飯は硬いパン六つで、リーシャの現状に泣けてくる。

一体いつから監禁されてるんだろう。

私は四十八歳のいい大人で、時空魔法を使用し自宅に帰り、元の世界と同じ生活を送れるからまだ大丈夫だけど、十二歳の少女には辛いだろう。

夕食は作る気がおきず、他の部屋にあったMサイズの宅配ピザ半分とオレンジジュースを飲んで済ませた。

そういえば、このアパートから出られるのだろうか？

疑問に思い、玄関の扉を開けると、そこには地球の景色があり、驚いた。

でも階段を下り、駐車場から一歩踏み出したら、何か透明な壁のようなものに遮《さえぎ》られて、それ以上進めない。

時間は異世界と連動しているのか、外は暗くなっている。

部屋へ戻り、ベランダから手を出したら、また透明な壁に遮られてしまう。

そして、外の道路には一台も車が走っていなかった。

どうやら、このアパートの敷地内だけ使用できるらしい。

能力については確認したけど、このアパートの中や空間のことについては考えていなかった。これも色々と試してみる必要がありそうだ。

ＴＶはつくか確認してみる。そしたら……なんと映った!?

そして日本で放送されていたものと同じ番組が普通に流れている。ここまで電波が届いているのか？

じゃあ携帯は……

親に電話してみたけど、繋《つな》がらず、ＰＣはどうかと起動してネットを開くも、繋がらない。

え～っと、どういうことですかね？

現状できることは何もないとわかり、夜九時にお風呂に入り、眠った。

◇　◇　◇

次の朝、毎朝六時にセットされた携帯のアラームが鳴る前に目覚めた。

冷蔵庫の食材を使用し、ベーコンエッグと簡単なサラダを作ってパンを焼き、コンデンスミルクをかけたイチゴを食べた。

昨日メイドが来た大体の時間を予想し、七時三十分に納屋へ戻ろうと決める。

納屋に転移したら、昨日と同じように髪に土をまぶしておく。

それから三十分くらい経ち、同じメイドが来たけど、今日は手に何も持ってない。

もしや食事抜きか？　と思っていると、布団に座った私の手を強引に掴み、外に引きずり出す。

納屋の外には、緩くウェーブした赤い長髪で、オレンジ色の目をした三十代の女性と、彼女によく似た小学六年生ぐらいの女の子がいた。二人はニヤニヤ笑いながら、私のほうを見る。

中世の貴族っぽい服装をしたこの二人が多分、後妻と連れ子だろう。

「反省しましたか？」

女性が手に短い棒のようなものを持ち、話しかけてくる。

やはり言葉の意味がちゃんとわかるのは、『手紙の人』が異世界で困らないよう、付けてくれた保障だろうか？

日本語に聞こえるけど、実際は異世界の言葉で話されているのかもしれない。

どう返事をしようか黙ったままでいると、その女性は右手に持った短い棒を左の掌に打ち付ける動作を二回したあと、もう一度問い詰める。

「反省したかと、聞いてるのよ！」

これは反省したと言わないと棒で叩かれるパターンだな。

「……反省しました」

小さな声で無難に答える。

「ついてらっしゃい」

そう後妻に言われ、メイドに手を引かれ、公爵邸の中へ連れていかれた。

広い庭には庭師がおり、大きな公爵邸の中では、メイド服を着た人と五人くらいすれ違った。

後妻は私の手を掴んだままのメイドに「あの部屋へ連れていきなさい」と指示を出し、リビングと思われる部屋へ、連れ子と一緒に入っていった。

メイドは私を三階の一番奥の部屋へ乱暴に押し込めたあと、扉を閉めて出ていく。

このまま部屋で大人しくしていろということかな？

部屋を見渡すと四畳くらいの広さで、小さな曇りガラスの窓から光が入っている。

この部屋には照明のようなものが見当たらないため、夜は真っ暗になりそうだ。

他にベッドと机に、椅子や小さな洋服ダンスが置いてあるけど、どう見ても公爵令嬢の部屋じゃない。そうか、連れ子に自室を取られているんだっけ。

洋服ダンスを開けると、今着ているのと同じような服と下着がそれぞれ一着と、いかにもお嬢様が着るようなピンク色のドレスが一着、手拭《てぬぐ》いのような布切れ一枚が入っている。

誰がいつ部屋に入ってくるかわからないから、ベッドの上に座り、しばらくぼうっとしていると、ノックの音が聞こえ、扉が開いた。

初めて見る、髪を後ろで纏《まと》めた、十六歳くらいのメイドが入ってくる。

入ってくるなり、トレイを机の上に置き、心配そうな顔で話しかけてきた。

「お嬢様、大丈夫ですか？　奥様に逆らってはいけませんと、あんなにお願いしたのにどうして……」

いや私は何も知らないんですとは、言えないわよね。

この人は味方のようだから、話を合わせ色々聞いてみよう。

「心配かけてごめんなさい。我慢できずに、つい逆らっちゃったの。私、何日閉じ込められてた？」

「二日です。納屋は寒かったでしょうに……風邪を引いていなくて、安心しました。カリナにぶたれたりしませんでしたか？　ちゃんと、食事は食べられましたか？」

カリナって誰だろう？　後妻と連れ子の名前ではないから、あのいじわるなメイドだろうか？

「布団に包《くる》まっていたから大丈夫。食事はパンが毎回二つもらえたよ」

「えっ？　それだけですか!?　私が不甲斐《ふがい》ないばかりに、お嬢様をお守りできず申し訳ありません。ファイナ様に頼まれていましたのに……」

「いいよ、いつものことだから。それより今日は何日？　お父様は、いつ王都から戻ってくるの？」

「十二月二十六日です。旦那様は二日後にお戻りの予定です。お嬢様、旦那様がお戻りになるまで辛抱《しんぼう》してくださいね。奥様に目を付けられるとまた何か言われるので、私は仕事に戻ります。お昼頃に食事をお持ちしますから、お手洗い以外で、部屋から出てはいけませんよ」

そう言うと、焦ったようにメイドは部屋を出て行った。

十二月二十六日ということは、やはり日本やアパートがある空間と日付や時間が連動しているようだ。

そして、父親が帰ってくるのは二日後の二十八日か……

どうにか二人きりで父親と会い、現状を話さなければ。

机の上に置かれたトレイには木のスプーンとコップに入った水、昨日と同じパン二つ、野菜くずが入ったスープがあった。

パンは昨日より硬くなさそうだけど、朝食を食べたあとだったので収納し、試しに野菜くずが入ったスープを一口飲んでみた。

スープは冷えており、薄い塩味で、とても美味《おい》しいとは思えない。

入っているのは人参《にんじん》とじゃがいもの皮に、薄くスライスされた玉ねぎだろうか？

量は一人前ありそうだけど、あまりにも具が貧相だ。

これは使用人が食べている食事なの？　いやまさか、公爵邸の使用人がこんなスープを飲むわけがない。

公爵といえば、私の知識では大貴族だったから、これは嫌がらせをされているんだろう。

残すとさっきのメイドさんが心配すると思い、アイテムボックスからタッパーを出して、中身を移し替え、収納した。

今日はトイレ以外は外に出ず、部屋にいたほうがいいみたいだし、次は昼頃に食事を持ってくると言っていたから、しばらくは誰も部屋に来ないだろう。

時間潰しに公爵邸を調べようと、マッピングを使用してみた。周りの壁や床が透けて見え、ずっと同じ位置にいるのに、建物全体の様子がわかる。

三階は同じような部屋が十二部屋ある。

どうやら同じ場所に立ったまま、視点だけ近寄ったり離れたりもできるようだ。魔法って便利！

他の部屋はベッドが二段になっていたり、机の上に素焼きの入れ物や木の箱が置かれていたりするくらいで、この部屋と大きな違いはない。

トイレはもちろん水洗なんかじゃない。

一応個室にはなっているけど、床から三十センチくらいの高さに板が張り付けてあり、真ん中に穴が開いている。そして、その下には素焼きの壺が入っている。

うん、無理！　私はホームを使って、自宅でしようと心に決めた。

二階は六部屋あり、公爵《こうしゃく》の書斎、寝室、母親の部屋、大きさと内装が違う子供部屋が二つ。

一階は広いリビングに大きなテーブルが置かれたダイニング、厨房《ちゅうぼう》、応接室、執事の部屋には、中年の男性がいる。屋敷の中では、メイドは八人くらいが動いている。

これ……地図で合ってるんだろうか？　かなり性能がいいのは気のせい？

リビングでは後妻と連れ子が、メイドに給仕されながら食事をしていた。

テーブルには同じようなパンが皿にそれぞれ二つ、コップに入った水、焼いた鶏肉？　に何かのソースがかかっている料理もある。

野菜くずではない具のスープや、リンゴのような果物がカットされたものも皿の上に載っている。

食器はどれも綺麗で、銀で作られたものだ。

パン食が基本なのかな？

豪華とは言えないけれど、朝食だしこんなものかもね。

それでもリーシャの食事と比べると、かなりの差がある。

ホームで自宅へ帰れるのは、本当によかった。

もし毎日硬いパンと野菜くずの入ったスープだけだったら、私は子供のフリをするのをすぐに止め、後妻へ喧嘩を吹っかけていただろう。

今は腕力も体力もない十二歳の子供だから、喧嘩をしても負けそうだけど……

ここには私のフォローをしてくれる味方はいないし、あまり無茶はできない。

けど、やっぱりムカツクな～。

リーシャの分まで私がやり返してあげるわ！

父親の公爵が戻ってきた時が、年貢《ねんぐ》の納《おさ》め時《どき》よ！

公爵邸の外を見てみると、庭が途切れている。マッピングで見ることができる範囲は、限界があるのかも。

念のため、二次元で確認したら、上空から見た平面図になっただけで、やっぱり途切れている。

暇だから三次元に戻し、色々見てみよう。

二階の大きなほうの子供部屋には天蓋《てんがい》付きのベッドが中央に置いてあり、ウォークインクローゼットのようなドレスルームには、色とりどりのドレスが掛かっている。

繊細な装飾を施された机に椅子、ドレッサーもあった。

本棚には本が二十冊くらい入っており、背表紙は革でできている。中は羊皮紙だろうか？

この世界に紙はあるのかなぁ。

公爵邸を見る限り、なんだか前世の色んな時代がごちゃまぜのような文化だ。

それにしても、この画面は他の人にも見えるのかな？

見えるのだとしたら、人前では表示できないから、頭の中だけで開けないかしら？

そう思った途端に画面が消え、脳内に表示される。不思議な感覚だ。

魔法バンザイ！　大体、思った通りになるみたい。

この日、メイドさんが昼食と夕食を運んできてくれたんだけど、食事を机の上に置くと、話す時間もないのか、すぐに出て行ってしまった。

もっと話せたらよかったものの、他の人に見張られているみたいだ。

残念ながら食事のメニューは両方とも朝と一緒なので、スープはタッパーへ移し替え、パンと一緒に収納する。

昼食は昨日の残りのピザ半分と、ペットボトルのお茶を飲んで済ませた。

夕食は自宅に帰り、インスタントのコーンスープとコンビニのハンバーグ弁当を食べる。

一応、公爵邸の中なので、自宅のベッドで寝るのは止め、こちらの世界で眠ることにした。

◇　◇　◇

この世界に転移して四日目。

部屋のベッドは硬くて体に負担がかかったようで、朝目覚めると腰が痛い。

室内は寒く、下着を昨日と一緒のものにしてよかったと思う。

明日、父親が帰ってくる予定だから、今日も部屋で大人しくしていよう。

部屋を出たのを知られれば、後妻が手にしていたあの棒で叩かれるかもしれない。

リーシャの体では反撃することも叶わないだろう。

それに普段と違う行動をするのは得策《とくさく》とは言えない。

父親が帰ってくるまでは、後妻が不審に思わないよう注意しなければ。

この機会に溜まっている小説でも読もうと思い、購入したものの仕事が忙しくて読めなかった続き物の小説を一巻から読み始める。

はっ!?　この小説の新刊が出ても、もう読めないじゃん!

異世界にファンタジー小説はないという当然のことに気付き、地味にショックを受けた。

今日も三食同じメニューで、タンパク質も栄養もほとんどない食事。

これらは収納して食べたように見せかける。

味方のメイドさんと話はできず、自分の置かれた状況に危機感が募《つの》る。

夜になると考える時間が多くなり、十二歳の子供姿で知らない家族と一緒に生きていけるのか、不安になる。このままリーシャの記憶もない状態で、公爵令嬢のように振る舞えるだろうか？

貴族の生活は窮屈《きゅうくつ》そうだし、ここにいる限り、自宅に何度も帰るのは難しそうだ。

父親が娘への虐待を知り、生活が改善されても、リーシャとして生活するのは苦痛以外の何物でもない。

四十八歳の私はリーシャの体に転移したけど、記憶は残ったままで、本当の両親も兄妹も忘れたわけじゃない。

そして十五歳も年下の、三十三歳の若者が父親だという事実。無理無理、親って自分より年上なのが当たり前でしょ。

現在両親は七十一歳で一番歳が離れた双子の弟たちにしても四十歳だし、弟より年下の父親はありえないよ！

これはもう家を出たほうがいいかもしれない。

前世で読んでいたファンタジー小説では、魔物や冒険者がいる設定が定番だった。

この世界もファンタジーの世界だし、似たような職業があるのでは？

ただ、十二歳で登録できるかわからないけど……今日はそんなことを考えながら眠った。

◇　◇　◇

五日目も朝食は同じメニュー。

昼頃、私を部屋に連れていったメイドが、水が入った桶《おけ》を持ち、部屋に入ってきた。

「体を拭いて、ピンクのドレスへ着替えるように」

メイドはそう言い残し、去っていく。

桶の中に手を入れてみると冷たい。手拭いのようなものを使い、体を綺麗にしろと……？

手が凍《こお》りそうなので止めて、自宅で風呂に入り、タオルで髪を拭く。

そして、最初の下着を身に着け、再び公爵邸に戻り、ピンクのドレスへ着替えた。

念のため、着ていた服は収納しておく。

虐待されていた事実を父親に隠したいからこんなことをさせるのだろうが、絶対、話してやるから、首を洗って待ってなさいよ！

二十分ほどすると部屋の外が騒がしくなった。

マッピングで公爵邸を見てみると、どうやら父親が帰ってきたみたいだ。

再びメイドが現れ、私の姿を一瞥《いちべつ》し、リビングに行くよう言われた。

階段を下りリビングへ入ると、父親と後妻と連れ子がソファーに座り、何やら話している。

私は父親に近付き、挨拶をした。

「お父様、お帰りなさい」

「おおリーシャ！　元気だったかい？　さあ、こちらに座りなさい」

機嫌のよい父親の隣に座らせられる。

金髪で青い瞳の父親は、背が高くてイケメンだった。

リーシャの記憶が一切ない私は、どう考えても年下の若い男性としか思えない。

テーブルを挟んだ向かい側には、微妙な顔をした後妻と連れ子が座っている。

知らない顔のメイドが、テーブルの上に紅茶の入った陶器のティーカップを四人分置いていく。

「リーシャは寂しがっていましたよ。もちろん、サリナも同様ですわ」

「はい、私もすごく寂しかったです。お父様」

後妻がにこやかに言い、連れ子も同調する。

「二人とも遅くなってすまないね。王都は遠いから、往復すると時間がかかって仕方ない」

「社交は大事ですもの、仕方ありません。無事に帰ってこられて安心しました」

後妻が父親にそう語りかける。

仲良さげに会話している家族を見ながら、なんだこの茶番はと思いつつ、紅茶を飲んだ。

「そうだ、お土産があるから渡そう」

父親は執事を呼ぶと、何かを持ってくるように伝える。

娘二人に手渡されたのは、白いレースのリボンだった。

連れ子は嬉しそうにはしゃいでみせると、お礼を言う。

「ありがとう！　こんなに綺麗なリボン！　とっても嬉しい！」

「ありがとうございます。素敵なリボンですね。髪を縛る時につけてみます」

私も連れ子にならい、父親にお礼を言った。

手編みのレースは確かに綺麗で、この世界の品としては、高価なものなのだろう。

「喜んでもらえたようでよかった。何にしようか迷ったんだよ」

二人の娘が気に入った姿を見て、父親はニコニコと笑顔を向けた。

私はこの場では沈黙を守り続け、後妻の注意をひかないように大人しくしておく。

それから父親は王都の様子を話し、不在時のことを聞いて、一旦会話は終了した。

父親が話をしている最中、後妻から牽制《けんせい》するような視線を受け、とても不快な気分になる。

そうやって、いつもリーシャが何も言わないよう目を光らせていたのか。

「それじゃあ、着替えてくるからあとで昼食を一緒に食べよう」

父親が部屋から出ていったあと、味方のメイドさんが呼びに来て、大きいほうの子供部屋へ案内された。

「旦那様がお戻りになって安心しました。やっと、お嬢様の部屋に入れます。私は食事の準備をいたしますので、ゆっくり休んでくださいね」

メイドさんが部屋から出て行ったのを見届けてから、椅子に座り、マッピングを使う。

父親がどこにいるか捜すと一人で部屋にいる。これはチャンスだ。

私は扉を開けて、父親のもとに向かった。

「どうしたんだい、リーシャ。何か用事でもあったのか？」

父親の部屋に行くと、突然現れた娘に驚いた様子で声をかけられた。

「お父様、お話があります。ずっと言えなかったのですが……実は、お母様から虐待を受けているの。お父様がいなくなると私の部屋はサリナに取られ、三階にある一番奥の部屋へ連れていかれます。粗末な服を着せられて……食事はいつも、パンと野菜の皮が入った冷えたスープでした」

私の告白に、父親が目を見開く。

「それだけじゃ、ありません。口答えすると何度も叩かれ、反省するまで納屋に閉じ込められるんです。納屋にいる間は、飲み水もなく、一回の食事で硬いパン二つしかもらえませんでした。私が悪いのでしょうか？　お母様は、いつも生意気だと言うのです。お父様に話したら、もっと叩いてやると言われ……伝えられませんでした」

想像を交《まじ》え一気に話し、心の中で私は女優と唱えつつ、涙を零《こぼ》す。

「なんだと!?　嘘を言っているわけじゃないよな」

「信じてください、本当です。服を脱いで裸になりますから見てもらえますか？」

リーシャが後妻にどんな仕打ちを受けてきたのか、服と下着を脱ぎ、父親にしっかりと確認してもらおう。

赤の他人に裸を見られるのはかなり恥ずかしいけど、証拠を見せるためだと言い聞かせ、自分を納得させた。

痩せてアザだらけの体を見た父親は、一瞬目をつむり、次いで憤怒《ふんぬ》の表情になる。

「なんてことだ！　これは酷い！　リーシャ、服を着て自分の部屋で少し待っていなさい」

まさに怒《いか》り心頭《しんとう》に発するといった様子で、父親は足早に部屋から出て行った。

よかった……

父親はかなり怒っていたから、やっぱりリーシャが虐待されているのを知らなかったようだ。

それはそれで問題大ありだけど、今はそれを責めるより、この状況をどうにかしてもらうほうが重要だ。

服を着てから自分の部屋に戻り、マッピングで父親の様子を見る。

まず三階の一番奥の部屋を調べに行き、洋服ダンスの中を確認すると、手に持った一着だけの粗末な服を握り締め、体を大きく震わせている。

それから一階へ下り、味方のメイドさんに声をかけ、書斎へ入っていった。

声は聞こえないけど二人は真剣な表情で話し込んでいる。

きっと私から聞いた内容を確かめているんだろう。

メイドさんと父親が書斎から出ると、私の部屋に向かってきた。

慌ててマッピングを閉じると、父親が部屋に入ってきた。

「リーシャ、ダイニングに行こう」

父親にそう言われ、ダイニングに連れていかれる。

二人のあとに続き、一階のダイニングに入ると、テーブルに食事の用意がされていた。

右側の席には後妻と連れ子が座っていて、いじわるなメイドのカリナも壁際に控えている。

父親は席に座らず立ったまま、無表情で後妻へ話しかけた。

「リンダ、お前はリーシャを虐待していたのか？」

「えっ、突然何を言うのですか？　私がリーシャを虐待なんて、するわけがありません。誰がそのような嘘を言ったのですか？」

「嘘ではない。先程リーシャから聞いたのだ」

平然とした顔で答える後妻の隣で、連れ子は青い顔をして、俯《うつむ》いている。

自分たちがリーシャにしてきたことを思い出し、これからどうなるのか、恐怖で父親の顔が見られないのだろう。

「いいえ、リーシャはきっと私が嫌いなんです。本当の母親ではないからと、そんなことを言うなんて悲しいわね。リーシャ、嘘をつくのはいけないわよ。怒らないから本当の話をしてちょうだい」

言葉や悲しげな表情とは違い、後妻はしっかりと私を見据《みす》えていた。

まさに、どう答えるのが正しいかわかっているだろうな、といったような感じだ。

でも残念！　私はあなたが虐待し、言いたいことも言えず小さな体で我慢してきたリーシャじゃないから。後妻の視線に怯える必要はないのだ。

望む通りの答えは絶対にしないし、後妻がどう言い訳しようとも、リーシャの体を見た父親を騙すのは無理だよ。

既に父親は虐待の証拠を掴んでるんだから、むしろ否定すればするほど、後妻の立場は悪くなるだろう。

私は平然と後妻の視線を受け止めた。

「まだとぼけるつもりか！　リーシャの体を確認したが、アザだらけで見ていられなかった」

当然、父親は後妻の言い訳に激昂し声を荒らげる。

「それは……嘘を信じてもらえるよう、自分でつけたのでしょう」

後妻が苦しい言い訳をする。

十二歳の少女が、自分の体をアザになるまで痛めつけるはずがない。

それがわからない後妻はバカなのか？

もう少し、ましなことを言えばいいのに。

「では、なぜ三階の一番奥の使用人部屋に粗末な子供服が置いてあるのだ。うちのメイドが着るようなものではないぞ。ナターシャからも話を聞いたが、ずいぶん酷い扱いをしていたそうだな。告げ口をしたらクビにすると脅したとか……お前が来てから使用人が四人辞めた。執事に体を触られたと言っていたのも嘘だろう。あの時は騙されて解雇してしまったが……」

余裕だった後妻の表情が、次第に焦ったものになっていく。

今まで隠れて散々リーシャを痛めつけ、使用人でも食べないような食事を与え、部屋を取り上げ、粗末な服を着せ、リーシャ付きのメイドの監視までして……

こんな酷い仕打ちをしていたのに、リーシャが父親に虐待されている事実を訴えるとは、つゆほども考えていなかったんだろう。

「娘には母親が必要だと思い、紹介されたお前と結婚したのが間違いだった。虐待するなど信じられん。子供好きだから大切に育てますと、どの口が言うのか。ナターシャ、護衛を呼んでこい。お前たちは二度と家には入れない、すぐに出ていくがいい！」

その後、護衛に拘束され、後妻と連れ子と執事と、カリナを含むメイド四人が公爵邸から追い出された。

泣き叫ぶ後妻の哀れな姿を見て、リーシャの仇《かたき》を取れたと、ホッと安堵の息を吐く。

後妻は離縁され、二度と公爵邸の敷居を跨《また》ぐことはないとのことだ。

二人がどうなるかわからないけど、公爵と結婚できたくらいだから、それなりの身分の出身だろう。実家に帰り、肩身の狭い生活を送ってくれれば、リーシャの胸もすくかもしれない。

これで公爵邸での私の役目は終わった。

「辛い思いをさせたな。リーシャ、よく話をしてくれた。お腹が空いているだろう。さあ、昼食を食べよう」

父親に促され、席へ座る。

「はい、お父様」

料理は冷えていたけど、この世界で初めて美味しいと思える食事だった。

その日の深夜。

公爵邸の人間が寝るのを待ち、リーシャの部屋にある全ての物を収納した。

私は公爵邸から出ていくことに決めた。それには、準備が必要だ。

マッピングで廊下に誰もいないのを確認し、後妻の部屋、連れ子の部屋、執事の部屋を回り、使えそうなものや売れそうなもの、お金を収納していく。もう誰もいないから問題ないでしょ。

父親には悪いと思うけれど、私はリーシャの代わりとして生きるつもりはなかった。

恩も義理もない、一日会っただけの若者を父親だと思うのは無理だ。

両親は私を大切に育ててくれた日本にいる二人だけ。

それに……おそらくリーシャは納屋で亡くなったから、私は彼女の体に転移させられたのだろう。

記憶がないのもそのせいで、既に元のリーシャはどこにもいない……のだと思う。

父親は虐待を知らなかったようだけど、私に言わせればそれは親の怠慢《たいまん》だ。

少しでも娘を気にかけていたなら、表情で変化は感じ取れただろう。

毎日同じ家にいて気付かなかったのは、後妻に娘の面倒を全て任せきりにしていたからだ。

きっと幼いリーシャは何度も後妻に気付かれないよう、父親へ助けを求めたに違いない。

確かに亡くなったのは、後妻の虐待が直接の原因だと思うけれど、半分以上は父親にも責任があるのではないか。

栄養失調になるくらい飢《う》え、誰にも助けてもらえず、多分寒さの中でリーシャは息を引き取った。

後妻と再婚したあとも、父と娘、二人きりの時間を持つべきだったのだ。

なぜ新しい母親について、一度もリーシャに尋ねなかったのだろう？

私が公爵の立場だったら、継母《ままはは》がいない場所で子供に質問くらいはする。

再婚相手に子供が虐待されることは、世の中にありふれていると知ってるからだ。

領地経営に忙殺され、直接子育てができないのなら、後妻の動向をチェックする人間を雇うとか、やり方はいくらでもある。

そのための権力と財力ではないのか？

正直、危機管理能力が欠けていると言わざるを得ない。

いくら仕事ができる人間でも、お金を稼ぐだけじゃ父親とは言えないし、可愛がることしかしてこなかったから、子供の機微がわからないんだ。

少なくとも私の両親は母親だけじゃなく父親も、具合が悪いだけで変化に気付き、口数が減っていれば、何かあったのかと聞いてくれる。

家族が皆で一緒に暮らしていた小さな頃は、兄妹でさえ、誰かの体調が悪そうなら、気付いて熱を測るし、元気がなければ親へ伝えていた。

実際、長男である兄は弟妹の体調の悪さに一番早く気付いていた。

そう思うと、この父親には同情する気になれない。

これほど痩せていれば、顔色も相当悪かったはずなのに……

ひと通り部屋を回り、準備が完了した。

庭に出て、見つからないよう門へ近付くと、護衛が二人立っていた。

家出は失敗かとマッピングをよく見ると門の外のマップが広がっている。

前方二十メートルくらい先まで表示されている。

もしかしたらいけるか？

『表示されている一番奥へ転移』と念じると、二十メートル先に移動した！

これしか移動できないのかな？

門を通過できたし、便利ではあるけど……

これもレベルが上がれば範囲が広がる？

初めて屋敷の外に出る。

もう夜になってしまっている。異世界の夜は街灯もなく、月明かりだけが頼りだ。

石畳が敷き詰められた誰もいない夜道を進んでいく。

百メートルほど歩いたところで、ホームを使い自宅へ戻り、温かい格好に着替え、アパートの階段を下りる。

駐輪場に停めてある自転車に乗ると、そのまま自転車ごと異世界へ戻り、元気よく走らせた。

夜の間に、なるべく距離を稼ぎたい。ここからは時間との勝負だ！

自転車のランプに照らされた道を、歌を口ずさみつつ進む。

方向は……合っていると信じるしかない。

できれば町へ出たいと思いながら、ひたすら自転車を走らせること二時間。

どうやら方向は間違ってなかったようで、町が見えてきた。

町の中に入り、道から外れた建物の裏で自転車を収納し、自宅へ戻る。

疲れていたため、簡単にシャワーで済ませ、ベッドへ倒れ込む。

◇　◇　◇

翌日。目が覚めると、お昼を過ぎていた。

今日は久し振りに、ご飯を炊こうかな。

冷凍の鮭《さけ》をレンジで解凍し、魚焼きグリルは洗うのが面倒くさいから、オーブントースターで焼く。卵焼きを作って、味噌汁《みそしる》は大根と豆腐と油揚げにしよう。

昨日の公爵邸での昼食と夕食はパンだったから、お米が食べたい。

ご飯を食べ終わったあと、これからどうするか考える。

突然家を出ているから、公爵はきっと私を捜しているだろう。

ほとぼりが冷めるまでは、異世界に戻らないほうがいいと思うので、一週間くらいゆっくり自宅で過ごすか……


それから一週間は、自宅でＴＶを見たり小説を読んだり、ベランダの植木鉢に植えたネギに、忘れていた水やりをしたりしながらのんびりとする。

これからの人生は自由に生きたいから、冒険者という職業があれば、ぜひ挑戦したいなぁ。

第二章　ミリオネの町で冒険者活動

公爵邸を出て行ってから一週間が経った。

お昼過ぎに、服を着替え異世界へ転移する。

突然現れたら騒がれるかもしれないと思ったけど、幸い誰にも見つからずに済み、ホッとする。

公爵邸を出た時は深夜で灯りもなく、あまり周囲の景色を見られなかった。

異世界の町並みは、今まで散々読んできたファンタジー小説と変わらないのか……

鉄筋コンクリートの建物はなく、木造や石造りの家が多い。

この町の道は舗装されておらず、移動には馬車を使用しているみたいだ。

その割に町の空気や道の状態が不衛生に見えないのは、子供たちが袋を持ち、馬の糞《ふん》を掃除しているからだろうか？

汚物まみれの道を歩くのは避けたいから、思ったよりまともな状態であることに安心する。

道に出てすれ違う人の様子や服装を見ながら歩く。

髪や瞳の色は多種多様で、黒髪で黒目の人もいるから、もし日本人を召喚しても浮くことはなさそうだ。

皆、着古したマントのようなものを羽織《はお》っていたので、ここにいる人たちは貴族ではなく庶民だろう。新品には見えないため、古着が普通なのかな？

公爵邸から盗んだ服を着ているけど、高価な服だと注目されてしまうから、服屋を探し、同じようなものを購入しよう。

路上で野菜を売ってるおばさんとお客のやり取りを注意深く観察し、この世界のお金の単位を調べていく。う〜ん、鉄貨は日本円で百円、銅貨は千円くらいかな？

その他の露店も覗いてみると、大根二本で鉄貨一枚、掌サイズのパンは三個で鉄貨一枚、串焼きは鉄貨二枚で売っている。

そして、お金の単位以外にも、この町の名前がミリオネだということがわかった。

これ以上の情報は、ただ聞き耳を立てているだけでは、手に入らないか……

意を決して、人のよさそうな露店の店主に、服屋がどこにあるか尋ね、教えてもらった。

十二歳の子供のフリをして話すのは、正直とても恥ずかしいけど……これなんて罰ゲーム？

五分程歩いた場所にある服屋に入って、ざっと見渡してみる。

置いてある商品は古着だろうか？　着古した子供用マントを探し、麻の長い紐がついた巾着《きんちゃく》のようなものと一緒に、二十代くらいの男性店主へ持っていく。

どちらも値札がないので、金額がわからない。

「これをください」

「はいよ。マントは銅貨一枚、巾着は鉄貨一枚だ」

右手を後ろに回し、アイテムボックスから銅貨二枚を取り出して握り締める。

そして、店主へお金を支払った。

「あの……冒険者のお店って、どこにあるかわかりますか？」

「おっ、登録しにいくのかい？」

店主はそう言ったあと、ギルドという冒険者登録ができる場所までの道を教えてくれた。

礼を言い、お釣りの鉄貨九枚と商品を受け取り、店を出る。

邪魔にならない道端で、巾着を首から下げ服の中にしまい、灰色のマントを羽織った。

ギルドは、ここから十分程らしく、一度右へ曲がった先にある。

これからそこへ入ると思うだけでドキドキする。

服屋の店主が登録しに行くのか聞いてきたので、私くらいの年齢でもできるはずだ。

子供は帰れとかいうテンプレはないよね？

二階建ての建物へ入ると、革鎧《かわよろい》を着て腰に剣を下げた冒険者らしき男性が五人ほどいて、カウンターには受付の若い女性が三人いた。

この時間は空いているんだろうか？
壁には見たこともない文字が書かれた依頼書が何枚も貼ってあるけど、何故か読めた。
これも、『手紙の人』が与えてくれた能力なのかもしれない。

【常設依頼・F級《ランク》】
・癒《いや》し草《そう》、十本：銅貨一枚
・魔力草《まりょくそう》、五本：銅貨一枚
・肉屋まで、角《つの》ウサギ三匹の肉を配達：鉄貨一枚
・肉串屋《にくぐしや》まで、角ウサギ三匹の肉を配達：鉄貨一枚
・路上の馬糞《ばふん》掃除《そうじ》（ギルド指定の袋に入れること）：鉄貨三枚

【常設依頼・E級】
・ゴブリン一匹：鉄貨五枚（魔石と左耳で討伐確認）
・スライム一匹：鉄貨一枚（魔石で討伐確認）
・角ウサギ一匹：銅貨二枚（魔石と本体で討伐確認）

この世界には実際に魔物がいると知り、ゴブリンの文字を目にして顔が引きつる。

まぁ、最初はF級からスタートで、魔物の討伐は当分先だから大丈夫。

F級は自分にもできそうだから、カウンターの一番右側の女性に話しかけてみよう。

「冒険者登録お願いします」

「あなたの年齢は十歳以上？　登録料は銀貨一枚だけど、払えるかしら？」

よかった〜。私でも登録できるみたいだ。

「十二歳です。お金は持ってきました」

服の中から巾着を出し、口を開けて、中から取り出したように見せながら、銀貨一枚を手渡す。

アイテムボックスの能力を隠すために巾着を購入したのだ。これなら、バレないわよね？

「それなら大丈夫よ。登録するために、用紙を記入する必要があるんだけど、文字は書ける？　よければ、私のほうで記入するわよ？」

読めるけど、書けるかどうかわからない。少し考え、お願いした。

受付の女性から名前と使用できる魔法を聞かれたので、リーシャではなくサラと答える。

使用できる魔法はないと伝えた。

これは、『手紙の人』から与えられた能力は規格外そうだし、黙っておいたほうがいいと思ってのことだ。

細い針で指先を刺され血を鉄のカードに垂らしたあと、女性は席を外し、どこか別の場所へ行ってしまった。

しばらく待って、戻ってきた彼女から渡された鉄製のカードを見ると、『F級・サラ・十二歳』と、まるで印刷されたような文字が書かれている。

魔法で処理をしているのかしら？

血液でDNAを特定しているのかな？

それと、年齢は自己申告で問題ないの？

どう判別しているんだろう……

色々と疑問に思ったが、受付の女性に聞くわけにもいかず、わからないままだ。

「冒険者登録完了です。あなたはF級なので、F級の依頼しか受けられません。F級依頼を二百回達成すると、E級になるから頑張ってね。薬草採取の依頼は、二階にある閲覧室《えつらんしつ》の本をよく読んでから受けるのよ。あと、もしギルドカードを失くした場合、再発行の手数料が銀貨五枚必要だから注意して」

「はい、ありがとうございました」

失くさないよう、すぐ巾着に入れておく。

銀貨一枚はいくらだろう？　予想では一万円くらいなんだけど、露店で銀貨を払った人がいなかったからわからない。

ギルドの階段を上がり、扉のない閲覧室に入る。今は、私以外人はいないみたいだ。

本棚から薬草のことが書かれた本を探す。

本は全部で十冊しか置いていないため、すぐ見つかった。

表紙に植物図鑑と書かれている。

開くと、羊皮紙に薬草のイラストが描かれ、注意書きが載っていた。

一ページ目は癒し草で、タンポポみたいにギザギザの葉をしている。

十五センチくらいの大きさで、葉の表は緑色、裏は白色。

採取する時は根ごと引き抜くこととあり、北門から町を出て、三十分歩いた森の中に生えているらしい。

十本で千円ならいい稼ぎになりそうだけど、見つかりにくいか、群生していない可能性もある。

一日中探して千円だと泣きそうだ……

二ページ目は魔力草で、クローバーみたいな四つ葉だ。

二十センチくらいの大きさで、葉の色は紫色。

採取する時は根ごと引き抜くこととあり、癒し草と同じ森の中に生えているらしい。

五本で千円ということは、癒し草より見つけにくいとみた。

肉屋の配達の百円は子供のお小遣いだね。

距離は不明だし、角ウサギの肉三匹分が何キロかわからない。

薬草採取はもう少し体力がついてからでないと、森へ辿り着く前に倒れそうなので、今日は肉屋の配達を受けてみよう。

二階から下りて、再び同じ女性に話しかけた。

「お肉屋さんの配達を受けたいです」

「はい。この伝票を店主に渡して、サインをもらってください。肉屋は、ギルドを出て右に十分くらい歩いた場所にあるから。お肉はギルド裏口の解体場で伝票を見せて受け取ってね」

「わかりました。ありがとうございます」

受付嬢から伝票を受け取り裏口に向かうと、五人の男性が解体作業をしている倉庫が見える。

体格のよい二十代の男性に声をかけ伝票を見せたら、緑色のツルツルした葉で包まれた肉を渡された。

これは三キロくらいありそうで結構重い。

両手で持ち、肉屋まで運ぶのに十五分かかった。

店主にサインをもらい、ギルドまで再び歩く間に、冷たかった体がポカポカして温かくなる。

カウンターの女性に伝票を渡すと、ギルドカードも出す必要があると言われたので、巾着から出して手渡す。

鉄貨一枚とギルドカードを受け取り、巾着の中にしまいこむ。

少し疲れたのでギルドに併設された飲食店のテーブル席に座り、ぼうっとしていたら、冒険者たちの視線を感じる。

皆、苦笑しているみたいだ。本当なら何か頼まなくちゃいけないんだろうけど、子供が一人で食事をするとは思わないのか、誰も注文を取りに来る気配がない。

受付から終了まで約三十分で百円とは……冒険者の仕事を舐《な》めてたわ。

二十分後、もう一度同じ仕事の依頼を受け、本日は終了。

人目につかない場所を探して自宅へ戻る。

この体は体力がなさすぎて、夕食を作るのは無理だと諦めた。

部屋着に着替えアイテムボックスからエビカツハンバーガーセットを取り出し、ポテトを食べた。

何故か毎回温かい状態でご飯が出てくるんだけど、購入時に合わせて、原状回復されているのかなぁ。

しかし……収入二百円じゃ、生活できないじゃん！

ホットコーヒーを飲みながら、少し前まで栄養失調だったリーシャの体では、依頼を受けるのは辛いだろうと考える。

公爵令嬢なら移動は基本馬車だろうし、長時間歩くこともなかっただろう。

まずは体力をつけよう。

明日は筋肉痛になりそうで怖いので、お風呂で足を沢山マッサージして、眠りについた。

◇　◇　◇

それから一か月。

雨の日以外は一時頃に毎日ギルドへ通い、肉の配達の依頼を一日に二回受けた。

おかげで、ギルドから肉屋の間にあるお店を覚えることができ、顔見知りも増えた。

配達途中に頑張ってと声を掛けられることも多い。

意外と子供の擬態《ぎたい》は上手くいってるんじゃないかな？

それにしても、毎日肉の配達依頼があるのは驚いた。

さらに、この地方は比較的暖かいのか、アパート内にあった温度計で何度か気温を調べてみたが、夜になっても十度を下回ることはなかった。

一回依頼を受けたあと、ギルド併設の飲食店で休憩するのは最早お約束。

子供たちに揶揄《からか》われるけど、大人の私は余裕の笑みで躱《かわ》す。

なんと、この町の子供たちは、Ｆ級の依頼を一日に四件もこなすらしい。

子供たちはほとんどがE級で、一つ下のＦ級の依頼も受けられるため、この配達は本当にいいお小遣い稼ぎになっているようだ。

ギルドカードの裏側に、依頼達成回数が表示されることも教えてもらった。

二百回は、まだまだ遠い道のりになりそう……

このまま順調にいけば、三～四か月でE級に上がれると思う。

体力がないため、薬草採取の依頼はまだ一度も受けていない。

◇　◇　◇

数か月後。

ついにE級へ上がった！

頑張った私を褒めてあげたい！

知り合いの冒険者から、おめでとうと言われ嬉しかったけど、ちょっぴり恥ずかしい。

私のあとから冒険者登録をした、十歳のマーク君という男の子にまで抜かされたからね。

いやいや、本当に大変だったんだよ。

でも、そのおかげで体力もつき、健康的になれたと思う。

冒険者ギルド以外にも色々町を散策して、古着を五着購入したり、ボロボロになった革靴を買い替えたりもした。会計の時に店主の優しいお爺《じい》さんが、少しだけおまけしてくれた。

後妻がリーシャ用の生活費を盗んでいたみたいで、公爵邸から拝借したお金は、実は結構ある。

全く、あの後妻は追い出して正解だったよ！

どんだけやりたい放題してたんだ！

後妻と連れ子が今どう生活しているかは知らないけど、少なくとも公爵邸に住んでいた時のような過ちをまたしていないことを願うよ。

リーシャの父親を思うと、ほんの少しだけ胸が痛む。

だからと言って、公爵邸に戻るつもりはない。

十二歳の娘の姿をした私がどう事情を説明したところで、きっと信じてはもらえないだろうし、父親が理解してくれるとは思えないからだ。

しかも無断で色々と拝借してるし……

あの時、後妻にも父親にも怒っていたのと、アイテムボックスが有能すぎて、つい拝借しすぎてしまったのは、悪い大人の見本ね。

兄の賢也に知られたら、確実にお説教コースだ。今ここに彼がいなくてよかった～。

私たちが小さかった頃、兄は弟妹たちが悪いことをすると、一時間くらい正座をさせたまま、こんこんとお説教をしていた。

両親より厳しいから、きっと「盗んだものを今すぐ全て返して、土下座して謝ってこい」と言われるだろうな。

そんな兄だけど弟妹にはとても優しかった。

長男だからというわけじゃなく、単に面倒見のいい性格をしているのだろう。

子供の頃、十歳年下の双子たちには毎晩絵本の読み聞かせをしていたし、忙しい両親の代わりに私ともよく遊んでくれたっけ。

誰も知らない異世界で一人きりはやっぱり寂しいな……

なんだか家族に無性に会いたくなってしまった。

ギルド併設の飲食店で休憩をしながら、そんなことを思う。

でも家族にはもう会えないのだ。

違うことを考えて気を紛らわそう。

そうそう。マーク君から、二日後、薬草採取へ一緒に行こうと誘われた。

初めての薬草採取だから、とても楽しみにしている。

私よりも先にE級に上がった件は、これで忘れるよ！

◇　◇　◇

薬草採取の日がやってきた。

朝八時、教会の鐘に合わせて、ギルド前に集合だ。この鐘は、六時から十八時の間、一時間毎に鳴る。

時間より早く待ち合わせ場所に到着すると、マーク君はもう待っていた。

「おはよう、マーク君」

「おはよう、サラちゃん。ギルドに採取用の袋を借りに行こう！」

採取用の袋はギルドが無料で貸し出ししてくれる。F・E級の冒険者にとっては、ありがたいサービスだ。

三十センチくらいの麻袋に巾着のような紐がついている。

水筒代わりの竹筒を袋に入れて、肩に掛けたら出発だ。

私たちと同じように森へ向かって歩く子供たちも何人かいて、一緒に町の北門を出て森へと進む。

三十分程歩くと、森の入口に到着した。

森林浴を楽しみながら、地面に目を凝《こ》らすも、なかなか見つからない。

「あった！　これが癒し草だよ」

「本当だ。マーク君、よかったね～」

最初に見つけたのはマーク君で、確かに葉がタンポポの形をしている。

マーク君は葉の裏側の色を確認し、根本を掴みながら引っこ抜いていた。

森の入り口付近には魔物がいないから、安心して別々の場所で採取に励《はげ》む。

三時間後に合流した時、私たちは癒し草をそれぞれ二人とも十本採取できていた。

帰る途中、竹筒の水を飲みながら聞いたところ、マーク君は時間がある時に薬草採取の依頼を受けているそうだ。

町に戻り、ギルドで薬草採取用の袋とギルドカードを提出する。

受付の女性が中身を確認したあと、銅貨一枚とギルドカードを渡してくれる。

おお、銅貨だ！　でもやっぱり、千円じゃ生活はできないだろうな～。

冒険者ギルドの二階にある一番安い大部屋でも、一泊銅貨二枚らしい。

町の宿は朝食付きで、一泊銅貨三～五枚が相場だ。

町の宿に泊まり続けるとなると、角ウサギを毎日三匹以上、討伐する必要がある。

それには当然ながら武器や防具も揃えなくてはならないし、親元を離れ、独り立ちできるようになるまで、とても大変なんだなと痛感する。

実は最近、気になっていることがある。

町を歩いていると路地裏や露店の近くで、ボロを纏った子供を見かけるのだ。

子供たちは、皆痩せており元気がない。町の人たちも気にかけており、着られなくなった古着や残りものをあげているけど、引き取って育てたりはしない。

近くの孤児院は収容人数がもういっぱいで、この町の子供たちは受け入れできないそうだ。

大抵は、冒険者の親が亡くなり、家賃が払えず路上生活になった子供たちだという。

冒険者として少しでも稼げたらいいのに。

十歳以下の子供は登録できないし、登録できる年齢になっても、銀貨一枚の登録料を払う余裕がない。

稼ぎのいい冒険者が、十歳以上の子供に銀貨一枚を渡すこともあるようだ。

そういう子供は、割のいい馬糞掃除の仕事を率先して受ける。

雨に濡れないよう体を寄せ合い、軒下《のきした》で暮らしている子供を見るのは辛かった。

十二歳の少女である私ができることは、とても少ない。

大きな支援をすると私が目を付けられるし、大人たちの目には奇異《きい》に映るだろう。

お肉の配達をする子供の稼ぎなんて雀《すずめ》の涙で、私が今まで受けていたのは一日二回のこの仕事だけだ。

一日の収入が鉄貨二枚では、たまに露店で売っている鉄貨一枚のパンや鉄貨二枚の串焼きを、それとなく手渡すのが精いっぱいだった。

せめて大人の姿なら、もう少し大きな支援ができたのに……

◇　◇　◇

【ある冒険者の声】


五か月ぐらい前から、冒険者ギルドにやってくる少女がいる。

格好は町の子供たちと同じようだが、冒険者仲間や町人や子供たちは、少女の品のある言動を見て、どこかの裕福な商人の娘が町の子供に扮《ふん》して楽しんでいるんだと思っていた。

初めは皆すぐ飽きるだろうとその様子を見ていた。

致命的に体力がなくて、思わず笑ってしまう。

肉の配達を一回しただけで、ギルド内にある飲食店で注文もせず休憩するとは。

そんな子供は見たことがない。

それでも、その少女はギルドへ毎日通っている。

一か月、二か月、三か月と過ぎた頃、皆が感心した目を少女に向け始めた。

いつも笑顔で礼儀正しい少女は、鉄貨一枚の依頼料を受け取る時、必ず受付の女性に「ありがとうございます」とお礼を言う。

露店の商品を受け取った時も同様だ。

少し興味を持ち観察すると、路上生活をしている身寄りのない子供たちへ、パンや串焼きを渡しているのに気付いた。

「お姉ちゃん今はお腹いっぱいだから、代わりに食べてくれると助かるな」

三つ持っていたパンの内、一つを半分食べたあとそう言って、残りを子供たちに分け与える。

「口のなか火傷《やけど》しちゃった！　痛くてもうこれ以上食べられないから、嫌いじゃなければどうぞ」

串焼きを一口かじったあとは、そう言いながら、残りを渡している。

毎回理由が、ちょっとずつ違っているのが面白い。

パンは三つで鉄貨一枚、串焼き一本で鉄貨二枚だから、稼ぎが少ない少女にとっては大事な食事のはずなのに。

さらには、喧嘩の仲裁までし始めた。

子供は我慢ができず、つい手を出すことがある。さらに、力加減も上手くないから、喧嘩をしたら、本人が思いもよらぬ怪我を相手に与えてしまうのだ。

ある時、少年がほんの少し押しただけで、小さい少女が転び、怪我をして泣き出してしまった。

オロオロするばかりで、手を貸して起こそうともしない少年へ、例の少女が教《おし》え諭《さと》す。

「あなたは体が大きいのだから、自分より小さい相手へ力を使っちゃいけないわ。女の子は守ってあげなくちゃ！　好きな子に嫌われちゃうかもしれないわよ？　じゃあごめんなさいって、許してくれるまで謝りましょうね」

その言葉を聞いて、少年は何度もごめんなさいと謝り、怪我をした女の子は最終的に許してあげたようだ。

子供たちの面倒を見ている少女を見習って、冒険者登録をしている子供たちは、ギルドで受け取った鉄貨を自分のために使わず、路上生活をしている子に使い始めた。

自分のお小遣いを少しだけ減らし、パンや串焼きなんかを渡している。

今まで大人たちが路上の子供たちを助けているのを見ても、自分たちがすることではないと思っていたのだろう。

まぁ男の子たちは、少女に気に入られようとしてやっていただけかもしれないが……

それを知った大人の冒険者たちは、最近ちょっと大盤振る舞いをして、身寄りのない子供たちに串焼きを食べさせている。

俺も少し反省した。飲む酒を一、二杯減らすだけで、お腹を空かせている五十人の子供たちへ、パンを一つ渡せるのに。

鉄貨数枚でできる人助けを、なぜ今までしなかったんだろうか……

そう思った日から、俺は酒の量を減らして、子供たちへパンを渡すようにした。

そうしたらなんと、お腹周りについていた贅肉がなくなった！　意外な効果があったものだ。

少女はゆっくりと、町全体にいい影響を与えているようだった。

◇　◇　◇

春も半ばを過ぎ、暖かくなってきた。

マントが不要になると、人々の服装が鮮やかで染色技術が発展しているとわかる。

小さな女の子は半ズボンをはいていて、冒険者活動がしやすそうだったので、私も古着屋で同じものを購入し、スカートをやめた。

最近は薬草採取ばかりしている。

魔力草を見つけるのは思った以上に時間がかかり大変だけど、無理をせず、冒険者稼業を楽しんでいる。

小説で読んでいた内容を実体験できるなんて、とても素敵なことだ。

まぁ、そう思えるのはホームで自宅に帰ることができるからで、日本同様の生活が送れなければ、この世界で暮らすのは大変だろう。

そう思うと『手紙の人』は、本当に破格な能力を与えてくれた。

ただ、ちょっとばかり若返り過ぎだとは思うけどね。

転移してから結構経つけど、やっぱり四十八歳の私に十二歳の少女のフリは正直キツイわ！

知り合いの冒険者全員が年下なのに、子供でいなくちゃいけないのよ？

冒険者の年齢に上限はない。

この町の冒険者は皆、比較的若く、五十代とかで第一線を張っている人はいない。

ダンジョンがある町には、深部を攻略しているベテラン勢の中に、五十代の人がいるらしい。

いつかダンジョンも攻略したいな。宝箱を開けてみたいじゃない？

隠し部屋を探り当てて、レアな武器や装備を見つけるのは夢があるしワクワクする。

そろそろ魔物の討伐もやってみたい。

スライムなんかは本当に弱くて、棒で叩いただけで液状になるそうだけど、角ウサギは怪我をする危険があるから、E級冒険者は三人パーティーを組んで討伐することが推奨されている。

ほんの少しの油断で、命を落とすこともあるので注意が必要だ。

一人は盾役をして、二人で攻撃して討伐するのが基本で、光魔法を使える人間が一人いれば、さらにいいそうだ。私に盾役は無理なので、攻撃役がいいんだけど武器はどうしよう……

槍《やり》か剣でいったら、槍だろうか？

お肉の配達と薬草採取で貯めたお金では、武器や防具をまだ購入できない。

武器屋と防具屋がどこにあるかは知っていたから、今日は仕事の前に寄ってみることにした。

しばらく歩いて、武器屋に到着する。

店内にはナイフ、剣、斧、槍などが陳列されており、目当ての槍の値段を確認すると、銀貨三枚から金貨五枚とかなり幅があった。

日本円で銀貨は一万円、金貨は百万円くらいの価値だ。

一万円の次が百万円でかなり差が開いてるけど、この世界では、銀貨までは比較的沢山発行されていて、金貨は発行枚数が少ないからこんなに開きがあるみたい。

大体三万円から五百万円か……

お肉の配達は鉄貨一枚で百円、薬草採取は銅貨一枚で千円。

初心者の私は、当然ながら銀貨三枚のものしか購入できそうにない。

三万と五百万なら、性能がかなり違うんだろうな。

値段の違いは材質？　それとも魔法とかが付与されているのだろうか。

何も購入せず店を出たあと、今度は防具屋へ向かう。

店内は革や金属で作られた鎧や盾が、綺麗に陳列されていた。

この体では革製のもの以外、重くて着ることは無理だろう。金属製は動くのも難しそう。

最近体重を測ったら、なんと三十キロしかなかったからね。

身長は同じだったのに……四十八歳の時の体重は思い出したくもないな。

革製はサイズや質により、細かく値段が分けられており、一番安い子供用のボアの革鎧で銀貨五枚。高いものになると、大人用のワイバーンの革鎧で金貨五枚もする。

どちらにしても現在購入できる資金はないので、そのまま店を出た。

武器と防具で銀貨八枚必要ってことか……

手持ち資金の銀貨五枚を引くと、不足分が銀貨三枚になる。

薬草採取は一回銅貨一枚なので、単純計算すると薬草採取依頼三十回分だけど、古着や革靴、露店で食事の購入費用を考えると、もう少し必要になる。

よし、薬草依頼をあと五十回受けよう！

いやいや、待てよ？

よく考えたら、武器と防具の他に、パーティーを組む冒険者も二人必要だ。

これは、いよいよ能力の一つ『召喚』の使用を、考える時が来たかもしれない。

でも、誰を呼ぼうか……呼んでも責任が取れない。身内の人間なら許してくれるかな？

両親は七十歳を過ぎているため、冒険者にはなれないだろう。

妹も結婚しているから除外しないといけない。

そうすると、残るのは五十歳の長男と四十歳の双子の弟の三人。

う〜ん、年齢的に考えると双子のほうがいい気もするけど、今呼べるのは残念ながら一人だけだ。

二人で一緒に暮らしている仲のいい双子の内、一人だけを呼んでしまっては、もう一人が寂しがるかもしれない。となると長男の一択か……

独身で妻子もいないから、私の精神的に負担が少ない。

果たして兄は、一緒に冒険者をしてくれるだろうか？

ホームで自宅へ帰ったあと、もう一度考えてみよう。

今日は朝から武器屋と防具屋に行ったのでまだ時間があるし、薬草採取の依頼を受けよう。


その後、いつも通り依頼をこなし、銅貨一枚を受け取ってから、自宅へ帰った。

今日の夕食は何にしようかな〜。

異世界転移後は時間に余裕があるお陰で、料理を作る機会が多くなった。

食材は沢山あるから、数十年は地球の食材が使用可能だ。

メニューを頭の中に思い浮かべながら、兄を召喚することについて改めて考える。

やっぱり、一人は心細いし、誰か召喚するなら兄しか思いつかない。

一緒に危険な討伐依頼を受けてほしいと頼めるほど仲がいい子もこの世界にはいないし……

パーティーは三人で組むのが推奨されているけれど、二人でもいいのよね？

一人よりは二人のほうが大分心強い。

色々思うところはあるけれど……ごめんなさい、日本での人生を犠牲にしてください！

可愛い妹のためなら、許してくれるはずよね……多分？

現在、午後七時で土曜日。

土曜日は、確か兄は休みだったはずだ。

でも急なオペが入り、病院に出勤しているという可能性もある。

今日は家にいるといいんだけど……

私が記憶している兄の生活リズムからして、まだ食事はしていないだろう。

なるべく怒られないように、兄の好物を作ろうかな。

本日のメニューは、ご飯と豚カツに千切りキャベツ大盛りとナポリタン少々も添えて……

ポテトサラダとほうれんそうの胡麻和え、豆腐とワカメの味噌汁でいいかな。

食事の準備ができたので、冷めてしまわないよう、一旦アイテムボックスに収納する。

さあ、勇気を出して呼んでみよう！

「召喚！　椎名賢也」

叫んだ途端、目の前に光が溢れた。

光が徐々に消えたあと、そこに現れた人間を見て驚愕する。

「えっ、誰ですか？」

頭の中はハテナでいっぱいだ。

五十歳の長男を呼んだはずなのに、どう見ても中学生くらいの少年が目の前に立っている。

もしかして召喚はランダムだったのか！

やばい、私完全に誘拐しちゃったかも！

いきなり違う場所に連れてこられ固まっていた少年は、焦りまくりの私に対して、大声を出す。

「お前こそ、誰だよ！　ここはどこだ。家にいたはずなのに、なんで突然違う場所にいるんだ！」

え～、至極当然のことを聞かれ、私は覚悟を決めて、誠心誠意謝る態勢になった。

「申し訳ございません。私があなたを誘拐しました。しかもここは異世界で、地球には帰せないんです。これから私が責任を持ち、一生面倒見ますから許してください。できることは全てさせていただきますので、何卒よろしくお願いいたします」

土下座をして、頭を床に付ける勢いで何度も頭を下げる。

「はぁ？　何、馬鹿なことを言ってるんだ、とりあえず座ってくれ。このままじゃ話がしにくい」

お言葉に甘え、テーブルを挟んで向い合わせに座り、視線を向ける。

少年は呆れた表情を隠しもせず、腕を組み私をじっと見ていた。

見た目の割に落ち着いた態度に違和感を覚える。

「まず、お前は誰なんだ。名前くらい名乗れ」

しかし、この少年は言葉遣いが荒いなぁ〜。

なんでこんなに偉そうな態度なんだろうか……

私が一方的に悪いから注意できないけど、まるで兄に叱られているみたいだ。

「ええっと、私の名前は、この世界ではリーシャ・ハンフリーとなっていますが、実際は椎名沙良。年齢は四十八歳です。詳しい事情は、この手紙を読んでもらうと、少しわかるかと思います」

『手紙の人』からもらった封筒を、胡乱《うろん》な目つきをした少年に差し出す。


少年が手紙を読み終わり、テーブルの上に置くのを待ってから、口を開いた。

「この手紙に書いてある召喚で、あなたを呼び出したわけですが、まさかランダムに人選されるとは思わず……私は自分の兄を呼んだつもりでいたんですけど……」

そう言いながら少年の様子を見ると、眉間に皺《しわ》を寄せ何かを考え込んでいるようだ。

「あ〜、それは間違ってない。これは大仕掛けのドッキリじゃないよな……？　一つ聞くが、お前が沙良だという証拠はあるのか？」

大きな溜息を吐いたあと、少年が返事をした。

知り合いでもない少年に突然名前を呼ばれビックリし、それに間違っていないとはどういうことか考える。

呼んだのは兄だよな……と思い、少年の顔をよく見れば、微かに自分の子供時代の記憶が蘇ってくる。

あれ？　この子……子供の時のお兄ちゃんにそっくり……？

五十歳の兄を呼び出したつもりだったので、そっちの姿ばかりイメージしていて、すぐには気付けなかった。

柔らかい茶髪に鋭い目つき。父方の祖父がイギリス人で、兄はその血が濃いのか、日本人離れした端整な顔立ちだった。

「お兄ちゃんなの？　あっ、初めての彼女の名前は……」

呼び出した少年が兄だということに気付き、私は思い付く限り、知っていることを話し始めた。

家族や親友、子供の頃の思い出話……二股をかけていた私の恋人を兄が殴った件まで伝えると、やっと私が沙良だと信じてくれたらしい。

「沙良なんだな？　お前、生きていたのか！」

「うん。家に帰る途中に意識を失ったら、この世界に来てたの。お兄ちゃんの姿が若くなってるから、別人を召喚したと思って焦ったよ～」

「はあっ？　若くなってるだと？」

私の言葉を聞き、小さくなった自分の体を確認した兄は、驚いて言葉も出ないようだ。

「寝室に姿見があるから確認してきたほうがいいよ」

兄が慌てて部屋から飛び出し少しすると、寝室から大きな叫び声が聞こえてきた。

少年の偉そうな態度は兄そのものだった。

どうりで、お説教されている気分になったわけだわ……

私も初めて自分の姿を見た時、すごく驚いたから気持ちは非常に理解できる。

ようやく現状を把握したのか、気持ちに整理をつけたのか、しばらくすると兄はリビングへ戻ってきた。席に着き、両手で頭を抱えている。

「あ～、大体の事情は把握できた。どうしてこんなに若返っているかは疑問だが、お前は異世界で別人になり、俺を呼び出したんだな。ここはホームという魔法で異空間に作られた自宅で、もう地球には帰れないと」

「うん。流石、お兄ちゃん。理解が早くて助かるよ。私が貸したファンタジー小説を読んでいただけはあるね」

「俺が体験するとは思わなかったけどな。それにしても、大人になってからは、家族の集まり以外で会うことはあまりなかったし、沙良の家に来たのは約一年ぶりくらいか……？　突拍子もない状況だったから、ここが沙良の部屋だってすぐに気がつかなかったよ」

兄が私の部屋をキョロキョロと見回しながら言う。

「しかし、沙良に続いて、俺まで死んだとなると、両親はきついだろう。というか俺は死んだ記憶がないが、地球ではどんな扱いになっているんだ？　沙良は遺体もあったし、帰り道そのまま倒れて死亡したことになってたぞ？　俺の場合、自宅にいる時呼び出されたが、発見されるまで遺体はそのままなのか？　暖かくなってきたし、まずいよな」

兄がまくしたてるように言う。

「う～ん。私の場合は違う人間になってるから、沙良の遺体が残ってたんだろうけど、お兄ちゃんの場合は本人がこっちにそのままきたから、遺体は残ってないんじゃないかな？　だから、行方不明扱いになると思うよ。月曜日になって、無断欠勤が続いたら両親に確認が入るかも？」

「そっちの可能性が高いか……あぁ～！　俺の貯金と購入したマンションと車は全て無意味なのかよ。頑張って働いた金が……最悪だな。しかも、異世界じゃ無職になるじゃないか。どうやって生活すればいいんだ」

「本当にごめんなさい。私の魔法があるから衣食住は保障します。この部屋に一緒に住んでもいいけど、空いてる部屋が十一部屋あるから、そのどれかに住んでも大丈夫だよ」

「ああ、別の部屋で頼む」

正直、アパート一棟まるごとは持て余していたけど、こういう時は便利だね。

「部屋はあとで決めるとして、とりあえずご飯食べよ！　怒られると思って、お兄ちゃんの好きなものを作っておいたから、お腹いっぱい食べてください」

「相変わらず用意周到だな。腹が減ってはなんとやらと言うからな。何を作ったんだか知らないが、食べるとしよう」

テーブルの上の封筒は収納して、作った料理を取り出すと、兄は突然現れた料理に驚いていた。けど、好物を前にすぐに笑顔になった。どうやら作戦は成功したみたい。

それからは、私がいなくなったあとの話をしながら、美味しく食事を続けた。

お腹が空いていたからなのか、食べ盛りの少年時代に戻ったからなのか、兄はご飯を三杯もお代わりし、食べ終わったあとは満足そうな表情をしていた。

食後にコーヒーを淹れ、デザートに苺のショートケーキを出す。

「異世界感がまるでない」

兄はコーヒーを飲みながら呆れていたけど、私的には助かっているので問題ない。

何もない状態で異世界に放り出されたら、公爵令嬢のまま、我慢して生活を続けなければならなかっただろう。

私が公爵邸を抜け出し、今は冒険者として暮らしていると話した時に、兄は唖然としていた。

けれど最終的には、年下の他人を親と思い生活することは難しいだろうと同意してくれた。

ちなみにリーシャを虐待していた後妻と連れ子を追い出した件については、よくやったと褒めてもらえた。

その時、公爵邸のものをアイテムボックスに収納したのは黙っておく。

今から正座をさせられ、一時間お説教されるのは嫌だしね。

もうこの件は墓場まで持っていこう。

さらに、私には秘密が沢山あるから、この世界の人間と一緒にパーティーを組むのは不可能だと判断して、一緒に冒険者をしてくれることにもなった。

召喚する時は怖かったけど、なんだかいい方向に話が進んでよかった。

兄が先にお風呂へ入っている間に、食器を洗おうと席を立った時、床に一枚の封筒を発見した。

さっき確かに収納したはずだけど……と思いながら、封筒を拾う。

封筒には『召喚された方へ』と書かれてある。

中に入っていた手紙を読んでみると、そこには兄に与えられた異世界の能力についての説明が書いてあった。

椎名沙良様に召喚された方へ

私がすべての元凶です。

まず、いま貴方がいる世界は地球ではありません。

科学の代わりに、剣と魔法が栄えた、ファンタジーの世界です。

椎名賢也様は、私が椎名沙良様に与えた能力――『召喚』によって、この世界に呼び出されました。

年齢はこの世界での椎名沙良様に合わせて、設定させていただきました。

貴方にはこれからこの世界で生きていただきます。

この責任を取り、できうる限りの保障をさせていただきました。

左記に椎名賢也様の能力を記載いたしますので、ご確認ください。


【椎名賢也様の能力】
※保障として下記の魔法を授けます。

●ヒール（光魔法）
・怪我を治すことができます。病気を治すことはできません。

●ホーリー（光魔法）
・HPを回復したり、アンデッド系の魔物を攻撃したりすることができます。

●ライトボール（光魔法）
・攻撃魔法です。照明代わりにもなります。

まずは《ステータス》と唱え、能力を確認することをおすすめします。
最後に、このような不幸な目に遭わせてしまいましたが、これからの貴方の人生が幸多からんことを、お祈り申し上げます。

『手紙の人』は、ちゃんと説明を書いてくれたみたいだ。
あとで兄に渡しておこう。

異世界に転移し、相談できる相手がいない状態で半年間。

食器を洗いながら、やっぱり不安を溜め込んでいたんだろうと気付く。

兄と会い、随分心が楽になったからだ。

一人きりの異世界で、家族や親友に会えない寂しさにずっと耐えてきた。

それがなんだか懐かしく感じて、泣きたくなる。

本当は抱き締めてもらいたいけど、四十八歳にもなって、兄に甘えるのは恥ずかしいから我慢した。

兄が側にいるだけで、とても心強い。

ただ、やはり勝手に召喚して申し訳ないので、私は日本と変わらない生活を保障しようと思う。

少年の姿となり、身長が百六十センチに変わってしまった兄のため、アイテムボックスから丁度いいサイズの服と下着を取り出し、脱衣所へ持っていく。

五十歳時には百八十センチあったから、さっき着ていた服はブカブカだった。

高校へ入ってから一気に二十センチも身長が伸びるなんて羨ましい。

お風呂から出てきた兄に封筒を渡し、私もお風呂へ入るため、脱衣所に移動した。

兄は今頃ワクワクしているに違いない。

シャワーを浴びている最中、思わず想像しながら笑ったら、口の中にお湯が入り、咽《むせ》てしまった。

お風呂から出ると、兄は目の前をじっと見つめ、本人しか見えないステータス画面を凝視していた。

【椎名賢也】
・年齢：十四歳　・性別：男
・レベル：0　・HP：50　・MP：50
・時空魔法：ヒール（レベル0）、ホーリー（レベル0）、ライトボール（レベル0）

どんな能力をもらったのか聞いてみると、兄が与えられた能力は結構いいもので、仕事が医者だったことに関係があるのかもしれない。

また見た目が若くなっているから、年齢も聞いてみたら、十四歳とのことだった。

「お兄ちゃん。色々あって大変だと思うけど、今日は私の部屋で眠ってもらえる？　明日から隣の三〇二号室に住めるよう準備するよ。客室に布団を敷いておいたから、ゆっくり休んでね。おやすみなさい」

「ああ、おやすみ。俺も一人で考えてみるよ」

兄がいることで安心したのか、私は自室のベッドに入ると、すぐ眠ってしまった。

◇　◇　◇

翌朝六時。

朝食の準備をしていると、兄が起きてきてダイニングに顔を出す。

「おはよ〜。昨日ちゃんと眠れた？　ご飯もう少しでできるから待って」

「おはよう、朝早いな。沙良の顔にまだ慣れなくて、一瞬誰かと思ったぞ？　英語でも話し出しそうだ」

そう言う兄の少年姿も、私には違和感があるんだけど……

同じクォーターとはいえ、私は母親に似たため、そこまで日本人離れした容姿をしていなかった。

ちなみに父の日常会話は全て日本語だったため、英語は全く話せない。

私も今は海外の少女のような見た目だけど、兄のほうが余程外国人に見える。

「私も最初の内は鏡を見るたびに驚いていたけど、しばらくすれば慣れるから」

「俺も自分の体に慣れるまで時間が掛かりそうだ。目線は下がるし、腹は空くし」

「お腹が空くのは成長期だから仕方ないよね。ご飯を五合炊いたから、安心して沢山食べて」

笑いながら朝食の準備を続ける。

今日のメニューは、ご飯、里芋とネギの味噌汁、だし巻き卵、ウインナーとじゃが芋炒め、ひじき煮、納豆にした。


「いただきます」

「いただきます」

二人で一緒に「いただきます」をして、もう独りじゃないんだと嬉しくなる。

兄は昨日と同じく、ご飯を三杯おかわりし、食後の緑茶を飲みまったりしていた。

私が食器を洗っている間に、兄に欲しい家具、家電、生活用品を書き出してもらい、それぞれをどこに配置するのか考えてもらう。

携帯電話やＰＣは繋がらないけど、ＴＶは見られると言ったら、兄は「なんだそれ⁉」と非常に驚いていた。

欲しいものとそれを設置する場所を、大体書き出して納得したのか、紙を渡される。

ベッド、四人掛けテーブル、洋服ダンス、ソファー、ＴＶ、冷蔵庫、ドライヤー、掃除機、洗濯機、生活用品、服、下着、お酒とある。

食事は私と一緒に食べるのに、なぜ冷蔵庫が必要なのかと思ったら、どうやらビールを冷やしておきたかったようだ。

「お兄ちゃん。お酒は十四歳だからまだダメだよ！　二十歳になるまで我慢して」

「俺は五十歳なんだぞ！　勝手に召喚した癖に、禁酒させるなんて酷いじゃないか！」

「その体は十四歳なんだから、成長によくないでしょ！　背が伸びなくなったらどうするの？」

「あと六年も禁酒かよ！　ちなみに異世界では、何歳から酒が飲めるかわかるか？」

「あ～、私お酒飲めないから知らない。確認してみるよ」

「二十歳より前から飲めることを祈ってる……」

私は隣の部屋へ行き、兄の記入した紙の通り、三〇二号室に家具、家電、生活用品を設置した。

不足があれば、あとで追加すればいいだろう。

冷蔵庫にはお酒の代わりに天然水とお茶とジュースを入れておいたから、我慢してね。

設置が終わったので、自分の部屋に戻る。

「希望通り設置済みだけど、ちゃんとあとで確認しておいて。これ部屋の鍵。この空間は誰もいないから必要ないと思うけど、念のため渡すね。お兄ちゃんの服を購入する必要があるから、異世界に行ってくるよ」

「いってらっしゃい。俺は部屋を見学してる」

「いってきま～す」

そう言いながらも、この部屋着ではまずいから、いつもの町娘姿に着替え、異世界へ転移する。

古着屋で男の子用の服を上下六着、巾着を一個購入し、店主にお酒は何歳から飲めるのかも確認しておいた。

お礼を言って店を出て、次は靴屋だ。

兄のサイズの革靴一足を購入すると、全て合計で、銀貨一枚と銅貨五枚に鉄貨一枚。

日本円で約一万五千百円になった。

兄の武器と防具も揃えるとなると、薬草採取の回数を増やさなければいけない。

レベルアップには相当時間が掛かりそうな予感……

自宅へ帰り兄に服を渡す。

兄にも異世界を体感してもらったほうがいいだろうと思い、二人ででかけることにした。

着替えてもらったら、異世界へ、いざ出発だ！

いつもの町に転移すると、見たこともない景色に兄が興奮し、顔をキョロキョロと動かしていた。

「不審者のようだから落ち着いて」

その忙《せわ》しない様子を見ながら注意する。

初日から目立つのはよくない。

「ここは本当に異世界なんだな。この町に住んでいるのは人間か？」

日本とはあまりに違う景色や人々の姿を見てやっと実感したようだ。

「確認したことはないけど、獣人やエルフじゃないと思う」

「そうか……沙良、俺から離れるなよ」

過保護な兄が心配性を発揮している。

どんな世界かまだわからないから、子供姿の私を心配しているようだ。

左手をしっかりと握り締めてきた。

「異世界生活は私のほうが長いから心配ないよ」

そう伝えたけど、ずっと手を繋がれたまま、冒険者ギルドまで歩く。

まずは冒険者ギルドで兄の登録を済ませる。

初めてギルドカードを手にした兄は嬉しそうだった。

兄は子供の頃よくゲームをしていたので、冒険者となり活動するのが楽しみだったのかな？

兄は早々に肉屋への配達依頼を受けていた。

喜んでいる姿を見て、あとで依頼料を聞いたら、高給取りの兄はショックを受けるだろうなぁ～と思う。

医者の給料を時給に換算すると、いくらくらいになるんだろう？

私は今日もいつもの薬草採取をする。

お昼ご飯に合わせて兄と冒険者ギルドで待ち合わせたいので、今から四時間以内に、薬草採取を済ませ戻ってくる必要がある。

薬草を探す時間が二～三時間で、森への往復一時間と考えると、問題ないだろう。

そうと決まれば、早速薬草採取だ！

受付を済ませて、森へ向かう。魔力草はなかなか見つからないので、癒し草を探した。

計画通り、三時間で癒し草十本を採取して、冒険者ギルドに帰ってくる。

兄はなんとこの四時間で、配達依頼を八回受けたらしい。

受付の女性に驚かれたと笑っていた。

一回の依頼をこなすには約三十分必要なため、ほぼ休みなしで受けていたことになる。

十四歳で男性だからというのはあるけど、一回ごとに休憩していたリーシャの体力のなさに泣きたくなった。

いや、二歳の違いは大きいのかもしれない。

それに異世界人より地球人のほうが食事が豊かだし、兄は中学時代サッカー部に所属していたので余計体力があるのかも？

私たちは昼食を取るため自宅に帰った。

お昼は簡単に、私は唐揚げ弁当、兄はハンバーグ弁当を、冷たい麦茶を飲みながら食べた。

異世界の感想を兄に聞くと、特に問題ないようで、午後も同じ依頼を受けると張り切っていた。

十二歳の私に八時間歩き回る体力はなく、今日はもう四時間歩き続けたから終了だ。

兄には一人で行ってもらおう。

私は朝、古着屋の店主に聞いたことを兄に伝える。

この世界にお酒の年齢制限はなく、大抵十六～十八歳頃に飲み始めるらしい。

「じゃあ俺は十六歳で解禁だ！」

禁酒が六年から二年に減ったのが嬉しいのか、喜んでいる。


兄を再び町まで送り、自宅に帰る。

掃除と洗濯を済ませ、ＴＶを見ながらのんびり過ごしたあと、十七時に冒険者ギルドへ兄を迎えにいく。

午後もお肉の配達依頼を八回受けたみたいで、肉屋の店主に、これ以上は勘弁してくれと言われたそうだ。

同じ依頼を他の子供たちも受けているし、午前と午後合わせて依頼十六回分の肉は、確かに消費しきれないかもしれない。

鉄貨十六枚を巾着から取り出し、ニコニコしている兄に、日本円で千六百円、つまり時給二百円だと伝えると、愕然としていた。

落ち込んでいる兄へ、依頼を二百回こなせばE級に上がり、討伐依頼ができるようになるからと教え慰める。

すると、兄は早速計算を始めた。

E級になるのに、一日十六回依頼を受けて、最短十三日は充分早いと思うけど？

夕食は傷心している兄のリクエストを聞き、すき焼きにしよう。

すき焼き用の肉を購入している世帯があってよかった。

肉五百グラムを一人で食べ、ご飯も三杯おかわりし、兄は満足したみたいだ。

ビールが飲みたいとの言葉は無視する。

食事をしたあと、兄は三〇二号室へ帰っていった。

◇　◇　◇

翌日。兄は午前中に肉の配達を八回受け、午後からは私と一緒に薬草採取の依頼をこなすことにしたらしい。

竹の水筒を一個購入して、一緒に森へ出かける。

薬草の採取方法を教えると、兄は一時間で魔力草を五本見つけて持ってきた。

結構見つかると言われ納得いかないけど、こういうのは得意不得意があるから、兄は得意なんだと自分をなだめる。

三時間後、沢山採取することができたので、ギルドに戻ることにした。

私は癒し草十本、兄が魔力草十五本を受付に提出し、銅貨を四枚受け取る。

兄は二百回の依頼をこなすため、肉の配達を八回、薬草採取の依頼を三回、これから毎日受けると言っている。

昨日と今日で二十七回。一日十一回として、十六日後にはE級に上がれると計算していた。

「十六日後には、俺たちも討伐依頼を受けられるな！」

でも、雨の日を忘れているんじゃないかな？

雨の日に薬草採取へ行くのは、視界が悪い上、雨に濡れて風邪を引きそうで嫌だ。

傘もカッパもないから、町の人は雨の日はマントを頭から被っている。

手持ちの傘を売ったら人気が出そうだけど、ビニールはこの世界の布と、材質が異なり過ぎるから売れない。

さらに、手持ちのお金を合わせても、装備を揃えるには、十六日では足りない。

装備を揃えるには、銀貨八枚必要だ。

私が足りない分の銀貨を稼ごうとすると、三十日はかかるんじゃなかろうか。

兄だって、私より早いペースでお金を稼げるといっても、多分二十日くらいはかかる。

彼には盾役になってもらいたいと思っているし、盾の値段は調べてないけど、とにかく十六日では討伐依頼は無理だ。

兄にそのことを伝えると、渋い顔をしていた。

◇　◇　◇

こうして、私たちは雨の日以外は毎日依頼をこなし、兄は二十日目でE級に上がった。

E級に上がってからは、一日中薬草採取に切り替え、毎日銅貨六枚も稼ぐようになった。

私は相変わらずのスローペースだったので、残り十四日、付き合ってもらうことにする。


そして、兄を召喚してから約一か月後。

とうとう私たちは装備を揃えるためのお金を貯めることに成功した！

私と兄でそれぞれ稼いだお金を持って、武器と防具を購入しに行く。

この一か月、路上生活をしている子供たちに支援ができず心配していたけど、最近は町の子供たちや大人の冒険者が、パンや串焼きや古着を購入して、渡しているらしい。

身寄りのない子供たちは、最初に見かけた頃より綺麗な格好になり、顔もふっくらとして、お腹いっぱい食べられているようで安心した。

装備も無事に買えたことだし、早速討伐依頼に行くことにする。

角ウサギの討伐依頼を受けることを受付につたえて、ギルドを出る。

購入した革鎧を着て、槍を手に持ち、兄と森の奥に歩いていく。

しばらく歩くと、茂みがガサガサと動き、何かが飛び出してきた。

異世界で最初に討伐する敵は……直径二十センチのスライム！

雫型をした可愛らしい魔物だったので全然怖くない。

見た目が気持ち悪いゴブリンとかじゃなくてホッとした。

初めての討伐は、肩透かしもいいところだった。

動きの鈍いスライムは槍で突いたら簡単に倒せたし、角ウサギは、近付いてくる前に兄がライトボールを撃ち、倒してしまったので、私の槍の出番がない。

しかも兄は攻撃と同時に血抜きができるよう、頸動脈《けいどうみゃく》を切るように当てていた。

外科医としての経験だろうか？

兄は楽しんでいたけど私は消化不良だ。

角ウサギは森の中を奥まで進むと本当に沢山いて、この日は二十四討伐した。

収納して全部持ち帰ってきたけど、手に持って運んだら、私は三匹分くらいで、兄は五匹分くらいしか持てないだろう。

ということで、事前に用意していた麻袋にそれぞれ適当な量を入れて、受付に提出し、換金した。

ついに一日の収入が銅貨十六枚になった！

鉄貨二枚と銅貨一枚の生活が長かったせいで感動する。

自宅があるから宿には泊まらないけど、これなら冒険者として独り立ちできるかな？

しかも家賃と水道光熱費は無料なのだ。

稼いだお金を純粋なお小遣いとして使えると思えば、日本で派遣をしていた時より、大分余裕がある。

兄はまだ満足できないかもしれないわね。

医者の給料に比べたら、まだまだすごく少ないだろうし……

◇　◇　◇

兄と一緒に角ウサギ狩りを毎日していたら、レベルが上がった。

ゲームのように通知音が鳴るわけじゃないから、今朝兄に言われ初めて気付いた。

魔物を倒して得られる経験値も不明なので、どれだけ狩ればレベルが上がるかさっぱりわからない。

あ、そうだ。ここ数日で沢山討伐依頼をこなし、魔物の体内にある魔石というものが売れることも判明した。

ゴブリンの魔石は鉄貨五枚にしかならないので、出会っても無視だ。

というか、あまりいいイメージがないため、マッピングを索敵代わりに使用し、毎回ゴブリンの群れは迂回している。

レベルが上がって何が変わったのか気になるのでステータス画面を開いてみる。

【リーシャ・ハンフリー】

・年齢：十二歳　・性別：女

・レベル：3　・HP：192　・MP：192

・時空魔法：ホーム（レベル3）、アイテムボックス、マッピング（レベル3）、召喚

レベル0の時に比べて、HPとMPが四倍になっていた。

他には、アパートを中心に半径三キロ以内が行動可能なり、マッピングの範囲も同様になった。

これはレベルが1上がるごとに、一キロ増えると考えればいいだろう。

兄は行動可能な範囲が増えたのを知り、自分の住んでいたマンションを行動範囲内に設定しろとうるさい。

どれだけ離れていると思ってるのよ！　当分は無理です。


【椎名賢也】
・年齢：十四歳　・性別：男
・レベル：5　・HP：300　・MP：300
・光魔法：ヒール（レベル0）、ホーリー（レベル0）、ライトボール（レベル2）

兄のステータスを書き出してもらうと、こちらは初期値から六倍に増えていた。

ライトボールはレベル2に上がっている。

さらに、よくよく話を聞いてみたら、ライトボールのレベルが0の時はMPが1必要で、レベル2の今はMPが3必要らしい。

魔法のレベルが上がると、MP消費が増えるけど、その分威力が強くなるみたいな感じなのかな？

使用したＭＰは一晩寝れば回復するから、兄は主に魔法を使用し魔物を倒しているんだとか。

私の時空魔法はどういうわけか、使用してもＭＰは減らない。

何か新しい魔法を覚えられたら使えるのに。

１９２もあるＭＰがもったいないと思ってしまう。

寝れば回復するなら使わないと、なんだか損した気分になるよね。

ステータスの確認が終わり、次の目標について、兄と話してみることにした。

最近は毎日二十四以上も角ウサギを狩っているのに、八匹しか提出できないから、アイテムボックスの中にどんどん溜まっていく。

これはどうしたらよいものか……

Ｅ級からＤ級に上がるには、登録から一年以上経ったあとで、昇格試験を受ける必要があるらしい。だから、当分は角ウサギ狩りだ。

でもそれだけをして、毎日過ごすのはつまらない。

私は兄に、ずっと心に秘めていた、ある計画について話した。

それは、路上生活をしている子供たちの家を購入しようというものだ。

中古の一軒家の値段は、金貨一枚。

私が欲しい建物は冒険者ギルドの管理らしく、五人家族用で2DKだ。

ギルドが管理しているからというのもあるけど、前世に比べると、家の値段はかなり安い。

一部屋六畳なので、この中古物件を買えば、子供十人以上は生活できると思う。

私と兄の二人なら、三か月もすれば貯まるだろう。

安全な家を用意して、十歳以下の子供たちを優先して住まわせてあげたい。

私が把握している身寄りのない子供たちは、五十人程度なので、五軒の家が必要！

予定通りいけば、一年三か月で五軒購入できる！

元医者の兄もこの計画に快く賛成してくれて、レベルを上げつつ、こちらの計画も進めていくことになった。

◇　◇　◇

それから数日後のある日。

角ウサギの狩りの途中で、怪我している子供を見かけた。

兄が傷口を水筒の水で洗い流し、ヒールを唱え治療する。

基本怪我をしない私たちは、初めて見るヒールの効果に驚いた。

傷口が三秒くらいで塞がるなんて！

おおっ、これぞまさしく魔法だ！

外科医の兄は一瞬で傷口が塞がったことに、思うところがあるみたいだけど……

それからは怪我をしている子供を見かけるたび、兄のヒールで治してあげるようにした。

笑顔でお礼を言われると、医者だった時の気持ちを思い出すのか嬉しそうにしていた。

◇　◇　◇

家を購入する計画を兄に話してから三か月後。

とうとう中古の一軒家を購入することができた。

十人分の子供布団を揃え、年齢が小さい子から順に入ってもらう。

午前中に布団を揃え、早速町の子供たちに声をかけに行く。

家に住むことになった小さな子たちは、住めない子供たちに遠慮していたけど、その子供たちは「よかったね～」と笑っていた。

兄と二人で一生懸命稼ぐから、皆もう少しだけ待っててね！

◇　◇　◇

家を購入してから、初めて雨の日が降った日。

子供たちの家へ料理を作りに行った。

町の人たちからもらうパンや串焼きや野菜スープだけでは、栄養が足りないからね。

まず家に行く前に、町の雑貨屋で、薪、塩、油、鉄鍋、フライパン、木のスプーンとフォーク、器など、露店ではパンと野菜と肉と卵を、家具屋では食器を入れるための小さな食器棚を購入した。

異世界の卵は高く、十個で銅貨二枚する。一個二百円って高級卵じゃん！

肉は角ウサギ一匹分が銅貨一枚。

冒険者ギルドの依頼は銅貨二枚だから、皮や魔石の値段や手数料が引かれているのだろう。

そして早速、皆が待つ家に行き、台所に棚を設置した。

窯に薪を入れて料理を作る。初めは難しくて、顔が煤《すす》だらけになってしまった。

でも、なんとか料理を作ることができた。

子供たちを集めて、作ったご飯を食べてもらう。

「お姉ちゃんありがとう。とっても美味しいよ！」

「何これ！　こんなの初めて食べた！」

「美味しい……」

「また作ってくれる？」

初めて、卵焼きや肉と野菜が沢山入ったスープを飲んだ子供たちに、口々にそう言われる。

なんだか私は、涙が出そうになってしまった。

食後は体を清潔に保つ方法など、皆でこの家で一緒に暮らす方法についてレクチャーした。

この町には共同の井戸があるので、子供たちに、井戸の水を家にある大きな水瓶三つに汲むことを教える。水に濡らした手拭いで毎日体を拭くと病気になりにくいからと言い、自分で上手くできない子には年上の子がお世話をするよう頼む。

服や下着の洗濯は、天気がいい日にたらいに水を入れ、町の雑貨屋にあった石鹸で洗うことを約束し、庭にある洗濯紐に吊るして干すと教えた。

◇　◇　◇

家の購入から数日後。子供たちは上手く生活しているようだ。

雨の日になると、子供たちは路上生活をしている子たちを家へ呼び、一緒に寝ている。

ある雨の日、朝早く食材を届けに行った時に、子供たちが横にならず、外で生活していた時のように、体操座りで身を寄せ合いながら眠っているのを、たまたま見つけてしまった。

「ごめんなさい」

私に見られて怒られると思ったのか、一人の子が申し訳なさそうな顔をして必死に謝ってきた。

「この家はもうあなたたちのものだから、好きに使っていいのよ」

そう言うと、安心した表情になる。

自分たちのことだけでなく、他の子を思いやる子供たちの優しさに心が温かくなった。

きっと路上生活をしていた時は、こうやって助け合っていたんだね。

その日は十人分の食材しか持ってきていなかったけど、仲良く分け合いながら食べる姿を見て、微笑ましく思った。

◇　◇　◇

【ある子供の声】

僕には住む家がない。

ある日、C級冒険者だった父が、森へ行ったきり戻らなかった。

きっと魔物にやられてしまったんだと思う。

父が家を出るたび、いつも不安そうにしていた母の嫌な予感が当たったのだ。

冒険者の仕事は常に怪我や命の危険が伴うと知りながらも、他にできる仕事がないから、父は冒険者を続けていたんだろう。

町には親を亡くした子供たちが、路上で生活している姿をよく見かける。

父は帰らなかったけど、僕たちは母がいるから大丈夫だと安心していた。

でも、その母も父が死んだ一週間後のある朝、突然いなくなってしまった。

残された僕と弟の二人きりで、これから生きていかなければならないと知った時は、ショックで倒れそうになったよ。

母はどうして幼い子供二人を残し、いなくなってしまったのか。

家賃を払えず住む場所を追い出されてしまった当時の僕たちには、そんなことを考える余裕さえなかった。

家から持ち出せたのは着替えの服と下着だけで、お金は鉄貨一枚すら残っていなかった。

僕は優しかった母の愛情を疑い、自分の子供を捨ててしまうような酷い人だと思い直した。

九歳の僕と六歳の弟二人になり、今まで考えたこともないような生活が始まる。

家がないから、寝る場所はお店の軒下になったし、お金がないので毎食食べられず、いつもお腹を空かせている状態だ。

六歳の弟は突然両親がいなくなり、恋しいのか最初は泣いてばかりいたけど、泣くとお腹がさらに空くと気付いてから泣かなくなった。

このミリオネの町には路上生活をしている子供たちが沢山いて、皆考えていることは同じ。ご飯のことだ。

露店の前をウロウロし、売れ残りがもらえるのを期待しながら待つのが日常だった。

運よくパンが一つもらえた時は弟と半分に分け、次はいつ食べられるかわからないから、早食いのようなもったいない真似は絶対しない。ゆっくり時間を掛けて食べる。

路上生活を始めて一か月後、僕たちはガリガリに痩せて、着ている服がぶかぶかになった。

僕は冒険者登録ができず、また、できたとしても登録料の銀貨一枚を借りる当てもなかった。

せめて馬糞掃除の依頼ができたら、鉄貨三枚稼いでパンが九個買えたのに……

お腹を空かせ元気がない弟も、パンをいっぱい食べられたら、少しは笑顔を見せてくれるだろうか？

父が死んでから三年後、状況は変わらず路上生活のままだ。

軒下で弟と一緒に抱き合い眠るのも慣れてしまった。

雨の日や寒い冬は本当に辛く、家に住めたらと何度も夢を見る。

夢の中では家族が全員揃い、テーブルの上に置かれた沢山の料理を食べていた。

一言も話さなくなった弟も笑顔で会話をしている、幸せな家族団らんの風景だ。

もう自分たちには一生縁がないと知りながら、せめて夢の中だけは幸せを感じたい。

寒さや飢えで擦り切れた僕の心が、これからもどうか持ちますように……

最近ミリオネの町に、見知らぬ少女が冒険者登録をしにやってきた。

年齢は僕より低いのかな？

冒険者登録は十歳からできるので、少女は十歳なのかもしれない。

古着を着て、かなり痩せていた。

でも、なんて言うのかな？

町の子供たちより綺麗な感じがする。

冒険者登録をした初日は肉の配達依頼を受けたみたいだった。

角ウサギの肉が少女には重いのか、両手で持ちながらヨロヨロと歩く姿が危なっかしい。

町の人や冒険者たちが少女を興味深そうに見ていた。視線は少女へ集中している。

弟を見ると、なぜか少女に目が釘付けだ。

痩せているけど綺麗な子だから、一目惚れでもしたかな？

残念だけど、弟の初恋は実らないだろう。僕たちとは住む世界が違いすぎる。

どうしてあんなに痩せているのか不思議だけど、あの子はきっといい家の子供だ。

髪なんて見たこともないくらい艶々している。

少しばかり羨ましいと思っても仕方ないよね。

それから少女は肉の配達を一日二回受けるため、毎日冒険者ギルドへ通っては、相変わらずヨロヨロと配達しており、町の人たちはその姿を見守っている。

町の子供たちから体力のなさをからかわれていたけど、少女は気にした素振りも見せない。

からかっていた男の子たちは、きっと少女にかまってほしかったのだと思うけど、アプローチの仕方が下手すぎる……。

好きなら親切にしないと、気持ちに気付いてもらえないよ？


少女が町に来て一か月が過ぎた頃、僕は少女からパンを二個半、手渡された。

彼女は露店でパンを買うと、その場で一つを半分食べ、僕たち二人のところに来て言ったのだ。

「お姉ちゃん今はお腹いっぱいだから、代わりに食べてくれると助かるな」

はぁ!?　じゃあ、なんで買ったの？

「うんいいよ！　僕が代わりに食べてあげるね」

それまで一言も話さなかった弟が、満面の笑みを浮かべて答えたのにビックリし、つい少女から手渡されたパンを受け取ってしまった。

肉の配達依頼の報酬は鉄貨一枚なのに、その収入で購入したパンを僕たちが食べてもいいの？

彼女は「ありがとね～」と言い弟の頭を撫でている。

この不思議な少女との出会いが、今後の僕の生活を大きく変えることになるとは思わず、その時はただ話すことができた弟を抱き締めたい気持ちでいっぱいだった……

少女からパンを受け取った日から、無言だった弟がまた話をするようになった。

今まで話しかけても、うんともすんとも言わなかったあの弟が、僕の質問に答えてくれる。

それは本当に嬉しくて、僕は話をする弟を見て泣いてしまった。

路上で生活するようになってから弟は心を完全に閉ざしていたのに……たとえ幼くとも、恋をして弟は変わったんだろう。

二度目に少女と話したのはその数日後で、いつものように売れ残りの商品をもらうため露店付近で座っていると、少女が串焼きを手にこちらへ歩いてきた。

弟は少女の姿を見ただけで嬉しそうにしている。

彼女は僕たちの目の前まで来た。

「口のなか火傷しちゃった！　痛くてもうこれ以上食べられないから、嫌いじゃなければどうぞ」

そう言って、一口食べたあとの串焼きを差し出した。

僕が何かを答える前に弟が横から串焼きを受け取ると、満面の笑みを浮かべてお礼を言う。

「うん、僕が食べてあげるね！　串焼き大好きなんだ。ありがとう！」

「こちらこそ、ありがとね。まだ熱いから気を付けて食べるんだよ」

少女は弟の頭をひと撫でするると、その場から直ぐ立ち去ってしまった。

火傷ねぇ……きっと今回も、遠慮しないで僕たちに食べさせるための嘘なんだろうな。

路上生活を三年もしていると、暇だから人間観察する時間が増える。

僕たちのほうに視線を向け嫌な顔をして足早に通り過ぎる人や、同情し露店の店主のように売れ残りをくれる人など、様々な人間を多く見てきた。

町の子供たちは、同じ年頃だというのに路上生活をしている僕たちに無関心だった。

可哀想な子だと見られることが多いのだが、その少女が僕たちを見る時は、何かを堪えるような表情をして、決して同情する感じではなかった。なんと言ったらいいのかわからない。

弟は以前パンをもらった時も少女の意図に気付かず嬉しそうに食べていたけど、同じ年頃の少女から受ける施しは正直複雑な思いがあった。

肉の配達を一回すると鉄貨一枚で、それを少女は毎日二回受けているらしいから、一日の収入は鉄貨二枚になる。

串焼きの値段は鉄貨二枚のため、その日の収入全てを使い、僕たちに串焼きをくれたのだとわかった。

角ウサギ肉の串焼きは大きく、二人で食べても満足するだけの量があった。

滅多に食べられない串焼きは僕たちにとってご馳走で、弟は口いっぱい頬張りながら、串焼きを食べていた。

「お兄ちゃん。この串焼き、まだ温かくて美味しいよ！」

弟がそう言いながら残り一つになった串焼きを手渡してきた。

あぁ、そっか。いつも売れ残りをもらっていたため、僕たちは路上生活者になってから温かい食べ物を口にしたことさえなかったんだ。

そんなことに気付き、彼女の優しさを感じ不意に視界が涙で揺れる。

食べ物が温かい……たったそれだけで、僕は今まで食べたどんな串焼きよりも美味しく感じられた。

少女が路上生活をしている僕たちへ毎日何かしらの食べ物を渡しているのを見た町の子供たちが、

冒険者ギルドで稼いだお金で、パンや串焼きを買ってくれるようになった。

今まで僕たちには無関心だったのに一体どうして？

そう思っていたんだけど、この町の子供たちをまとめている男の子が、少女の真似をしているんだとうかがえて、答えはすぐわかった。

う〜ん、アプローチの仕方としては間違ってないけど、多分それじゃ好意は伝わらないと思う。

それにしても、弟はライバルが多くて大変だな。

子供たちが僕たちにパンや串焼きを渡している姿を見て、大人の冒険者も食べ物をくれるようになった。

さらにはなんと僕に銀貨一枚を渡し、「冒険者登録をしてこい」と言ってくれる人が現れた！

えっ！　本当に？　夢じゃないよね？

十歳の時、冒険者登録するお金が払えず諦めたのを思い出す。

あの時、せめて冒険者として働けたらと、何度願っても叶わなかった。

町の子供たちが冒険者登録を済ませ、活動しているのが羨ましくて仕方なかった。

けどこれでもう何も食べられない日はなくなる。

僕は銀貨一枚をしっかりと握り締め、今まで遠くから眺めるだけだった冒険者ギルドの扉を初めて開けた。そして、念願の冒険者になった。

初日から馬糞掃除の依頼を受け鉄貨三枚を稼ぎ、軒下で待っている弟のもとへ急いで戻り、露店で買い物をしようと連れ出した。

僕は自分のお金で買うことができる喜びで胸がいっぱいになりながら、弟と一緒にパンを三つと串焼きを一本購入した。残りものでも施されたものでもない、露店の食べ物。

焼き立てで熱々の串焼きを二人で半分ずつ食べて、パンも一人一個食べると、もうお腹が膨れてしまった。残り一つは次の日の朝、半分に割って二人で食べることにした。

馬糞掃除の依頼は、いつでも受けられるので午前中に二回、午後二回依頼をこなせば合計鉄貨十二枚になり、串焼きを一本ずつ食べてもまだ鉄貨八枚残る。

しかもF級の依頼を二百回受ければ、E級に上がって討伐依頼が受けられるんだよ！

冒険者登録をしただけで弟と二人でお腹を空かせる毎日から解放されるなんて、少女が町の人たちを変えてくれたことに感謝しよう。これから僕は、頑張ってE級になるんだ！

この日の夜は、弟を抱き締めながら久し振りに幸せな眠りに就いた。

それ以降、僕は家族の夢を見なくなった。

◇　◇　◇

家を買ってから、一か月が経った。

スライムばかり相手にしていた私も角ウサギを倒せるよう、兄が一度盾で殴りつけ、倒れたところをそのまま地面へ押し付け、止めを刺す方法を編み出した。

レベルが上がりＨＰが増えたおかげで体力がついたから、こんなこともできるようになったのだ。

スライムと違い、槍を突き刺す時の感触は生々しかったけど、冒険者として活動するには慣れる必要があるので、罪悪感を押し殺し耐えた。

兄は武器を使用せず、魔法で倒して直接魔物に触れない分、案外平気なようだ。

今は午前と午後、計十六匹を冒険者ギルドへ提出している。

換金できない角ウサギはさらに増え、現在百匹以上になり困っていた。

自分で解体できたらいいんだけど、血は苦手だし、やり方をどこで調べればよいのかもわからない。今日はもう依頼が終わっているので、受付の女性に解体について聞いてみた。

「解体しなくても、マジックバッグを買えば、もっと楽に沢山の魔物を提出できますよ」

そんなものがあるのか。

ボアなどの大物は、基本マジックバッグに入れて持ち帰るんだそう。

ギルドからの帰りに魔道具屋で値段を確認したら、角ウサギ十匹が入るもので銀貨五十枚。

ボアが一匹入るものは金貨一枚もした。

角ウサギが十四入るものを二つ購入すれば毎日四十四提出できるから、換金額は銀貨八枚に増えると思い、家より先にマジックバッグの購入を決めた。

マジックバッグは肩に掛ける仕様になっており、時間停止の機能はない。

◇　◇　◇

それから二か月後。角ウサギが十四入るマジックバッグを二つ購入した。

E級の私たちが銀貨五十枚もするマジックバッグを購入することに、魔道具屋の店主は驚いていたけどね。

私が異世界へ転移して約一年間で、一軒家とマジックバッグ二つ分、金貨二枚以上を稼いだ。

この町の人は優しいから安心して冒険者活動を続けられるし、十二歳の子供のフリも大分馴染んできたと思う。

◇　◇　◇

兄は十四歳の子供のフリをするのが苦手らしく、なるべく話さないようにしているみたい。

マジックバッグを購入してから半月後。

二軒目の中古の一軒家を購入した。

前回同様、年齢の小さな子供たち十人を集め案内すると、家に入れなかった子供たちはまた「よかったね～」と笑い、不満を見せたりせずホッとする。

◇　◇　◇

さらに三か月後。

追加で三軒の家を購入し、路上生活をしている子供全員が、安全な家で暮らせるようになった。

子供たちが雨や寒さに震えず済むことは、とても大きかった。

もしかしたら過去には、路上暮らしが辛くて、亡くなってしまった子もいたんじゃないかと思う。

しばらくすると、町の人が子供たちの家で料理をしてくれるようになり、毎日一食きちんとした食事を食べられるようになった。

年頃の子供たちからしたら、一日一食はまだ少ないが、この町の人たちで今できる支援はこれが精いっぱいだ。

でも、毎日何かしら食べ物にありつけるようになって、皆以前よりは顔がふっくらした。

また冒険者の大人たちが差し入れる食材を使用して、子供たちも料理を作れるようになった。

◇　◇　◇

家の購入が完了してから、一か月後。

毎日、依頼や子供たちへの炊き出しで忙しくしている間に、D級昇格試験の日がやってきた。

試験には、先輩冒険者が同行し、角ウサギやゴブリンの討伐を見せる
初めてのゴブリンの討伐は、最初に兄がライトボールを眉間に当て倒した。

私たちは解体用のナイフを持っておらず、先輩冒険者に怒られながらナイフを借り、手際よく左耳を切り取り、心臓から魔石を取り出す。

私も兄の補助を受けて魔物を倒し、なんともいえない感触を味わいながら、指示通り左耳を切り、ゴブリンの体内から魔石を取り出して合格した。

D級に上がると一人前の冒険者とみなされるらしい。

この先、使用する機会があるか不明なまま、銀貨二枚支払い、解体用のナイフを二本購入した。


【常設依頼・D級】

・ボア一匹：銀貨五枚（魔石と本体で討伐確認）
・ウルフ一匹：銀貨三枚（魔石と本体で討伐確認）
・ベア一匹：銀貨三枚（魔石と本体で討伐確認）

D級になったのでボアやベアが一匹入るマジックバッグを購入した。
これからも沢山狩るぞ！
どれだけ生息しているかわからないけど、毎日二匹は狩れるといいな～。
そして、依頼をこなしたことでステータスも上がった。
今の私たちのステータスはこんな感じだ。

【リーシャ・ハンフリー】
・年齢：十三歳　　・性別：女
・レベル：6　　・HP：336　　・MP：336
・時空魔法：ホーム（レベル6）、アイテムボックス、マッピング（レベル6）、
召喚

【椎名賢也】

・年齢：十五歳　　・性別：男

・レベル：6　　・HP：350　　・MP：350

・光魔法：ヒール（レベル3）、ホーリー（レベル0）、ライトボール（レベル3）

私はアパートを中心に、半径六キロ移動可能となった。

兄はヒールのレベルが3に上がり、MP消費は20に増え、治療できる範囲が広がったとか。

ライトボールはレベル3に上がり、MP消費が5で、さらに威力が上がったらしい。

私はいつまで経っても新しい魔法を覚えられず、MP336が非常にもったいないと思ってしまう。

D級冒険者合格のお祝いを仲良くなった冒険者たちがしてくれた。

ギルドに併設されている飲食店で食べるのは初めてで、何も食べずに休憩していた頃が懐かしい……

異世界では外食しなかったけど、調味料が少なく料理のメニューも知れているので、それはどうやら正解だったようだ。

料理は味付けが塩のみと、至ってシンプルなものばかりで、ボアの肉は豚肉より硬く、少し臭みがあった。

塩麹で数時間漬け込んだり、胡椒をかけたりすれば、より食べやすくなるんじゃないかと思う。

この世界に塩麹はないし、胡椒は高いけど……

さらに兄は身長が、この一年で十センチ伸び、百七十センチになった。

体格がいいから冒険者たちにお酒を勧められていたけど、私が睨みつけると断っていた。

◇　◇　◇

翌日。今日は一日お休みにしたので、ホーム内を散歩している。

すると、兄が突然「コンビニに入る」と言い、走り出したのであとを追いかける。

一体、何を考えているんだろう？

誰もいない店に入れるわけがないのにと思っていたら、自動ドアが開き、中に入ることができて呆然としてしまう。

えっ!?　なぜ店が営業しているの？

ホーム内は景色を楽しむだけのものと思っていたので、中に入れるとは思いもよらなかった。

店内は無人レジになっており、日本円が使えると喜んだのも束の間、二人ともお金を持っていなかったので、何も購入せず家に帰り、財布を持参し再びコンビニへ向かう。

ＡＴＭにキャッシュカードを入れたら、お金を引き出せた。

これは嬉しいけど、私の貯金は五百万くらいで、これから日本円を稼ぐ手段がない。

それに死亡した私の貯金は本当なら使用できないんじゃ……

この先、五百万は使えるけど、あと七十年は生きると考えると、一年で使えるのは七万千五百円くらいなので、一か月に換算すると一人当たり三千円しか使えない。

兄はきっと貯金額が何千万、もしかすると何億とあっただろうから、銀行カードさえあれば、気軽にお金を使えたのに残念だ。

コンビニ商品は高いから、近くのスーパーに行ってみる。

ここも無人レジになっており、地球と同じように、広告の品が安くなっている！

これはもしや夜七時以降は半額になっているんじゃないか？

現時点では買わず、夜に再度行ってみることに。

夜に行ってみると、残念ながら半額シールは貼られてなかった……

少しでも安く購入できれば、使用するお金が少なくて済むと思ったんだけど、アイテムボックスに入っていない食材が買えるのはありがたい。

兄は何にするか迷っていたが、私のお金を使用するのを躊躇ったのか、結局何も買わなかった。

スイカを一個購入し、初めて追加登録してみた。

すると、スイカが三百六十五個になったので、もう一生買わずに済むかも？

十二月二十四日に異世界に転移したので、冷蔵庫には冬の食材しかなかったが、スーパーの商品は日本の季節に連動していたため季節物を食べられて嬉しい。

その日、約一年半ぶりにスイカを味わい、夏を感じた。

兄から、日本のお金に関してはお小遣い制にしてほしいと言われ、毎月三千円を手渡すことにする。

兄は漫画やゲームが好きだから、色々買いたいものがあるのだろう。

コンビニで立ち読みすればタダだよ？

新作映画をレンタルして見たい？

私は理解のある妹だからＤＶＤプレイヤーを渡してあげるよ！

◇　◇　◇

それからも私たちは、依頼をこなし続けた。

ウルフはやっぱりそんなに多く狩れず、一日に二匹狩るのが精いっぱいで、あとは相変わらず角ウサギ狩りだ。

ウルフ二匹で銀貨六枚、角ウサギ三十匹で銀貨六枚、合わせて銀貨十二枚だから、二人で月収約三百万円になる。

もっと収納できるマジックバッグが欲しかったので、しばらくお金を貯めた。

そして、今日はボアとベアが一匹入り、ウルフ四匹と角ウサギ四十匹が入るマジックバッグを、金貨二枚支払い二つ購入し、いよいよ念願のボア狩りだ！

初めて目にしたボアは、牛並みの大きさで、突進してくるため恐怖を感じてしまう。

兄がライトボールを眉間に当ててボアを倒すと、頸動脈を掠《かす》めるようもう一発撃ち、血抜き処理をした。

「それじゃ、私が倒せないから」

「しょうがないな。それならこうしたらどうだ？」

賢也はそう言って、次に現れたボアにも魔法を放ち頸動脈を切った。

私は魔物が倒れ込んだあと槍で首を刺し、無事に倒すことができた。

初日は随分時間が掛かってしまったが、角ウサギも三匹ほど狩り、終了する。

D級からC級に上がるには、D級になり三年以上経ってから、昇格試験を受ける必要があるらしい。

Ｃ級になるとダンジョンへ入ることができて、さらにかなり強い魔物まで、幅広い討伐依頼を受けることができるんだとか。

それを聞いて、三年間はこの町で冒険者の活動をしようと決めた。

◇　◇　◇

毎日、ボア、ベア、ウルフ、角ウサギを無理のない範囲で狩り続ける。

雨の日は兄と子供たちの家を訪れ、料理を作り、一緒に過ごすことが増えた。

その中でも、二人兄弟の弟は私が行くと嬉しそうに大歓迎してくれる。

今日あったことを一生懸命話す姿を、その子の兄がいつも後ろから見守っているのが印象的だった。

どうして、こんなに懐いてくれるのか理由がわからなかったけど……家に住めるようになったからかしら？

少したどたどしく話す子供を見ると癒されるし、子供好きな私の兄も、小さな子たちを両肩に乗せ遊んであげている。

路上生活している子供たちのために家を購入したいと言った時、兄は反対せず賛成してくれたけど、同時に入れ込みすぎるなと厳しく注意された。

それは、私の能力がこの世界の人に知られると問題が起きるからで、私たちが目立つことのないよう、いつも注意を払っていた。

兄が人前であまり話さないのは、子供のフリが苦手なせいだけじゃないのかも？

年頃の少女たちは、大人っぽくて頼りがいのある私の兄が気になるらしかった。

兄は、積極的な少女たちに告白され、非常に困っていた。

二十年後、同じ気持ちだったら考えると断られた彼女たちは、唖然としていたけどね。

いや、その返答は不自然すぎると思うよ……

私が始めた子供たちの支援は、町中の人が少ない負担で自分たちのできることをしてくれ、段々と広がっている。

ギルドの登録料が払えず、稼ぐ手段がなかった子供たちは冒険者になり、依頼を受けている。

これなら、町を離れても大丈夫だろう。

収入が増えたので、槍は鋼製の銀貨十枚のものに換え、盾も鋼製の銀貨十五枚のものへ変更し、使用しなくなったものは武器を買えない子供たちに渡した。

たまにホーム内の飲食店で外食し、休日を楽しんだ。

タッチパネル式の電子メニューで注文すると、テーブルの上に出てくる。

私もそんなに料理を作れるわけじゃなく、そのお店じゃなきゃ食べられない味もある。

どうしても食べたいお店が三軒くらいあるんだけど、まだレベルが足りず、行けないのが悲しい……

まあこうして比較的自由に外食できるようになったのは、ホームに設定されたアパートの住人さんたちのおかげ。

アイテムボックス内に財布があることに気付き取り出すと、ちゃんとお金が入っていたので、ありがたくちょうだいしたのだ。

財布には三千円から、多くて五万円くらい入っていて、三百六十五回増える保障で、結構なお金になった。

しかも家族で住んでいたため、財布の数が一世帯当たり二から四個はある。

十二月二十四日に召喚されたから、年末年始に入用なお金を、財布以外の封筒に入れてある家もあった。

まさに宝くじが当たった気分で、本当、皆さんに感謝しています！

◇　◇　◇

D級になってから、三年後。

昇格試験で、ボアを討伐する様子を先輩冒険者に見てもらい、私たちはなんの問題もなく昇格した。これで、C級冒険者だ。

そしてダンジョンに向かうため、この町を去って、ハンフリー公爵領内にある別の町へと旅立つことになった。

馬車に乗る時には、以前路上生活をしていた子供たちが泣きながら手を振ってくれ、私も今までの出来事を思い出し、泣きながら大きく手を振った。

子供たちの姿が見えなくなるまで、ずっと後ろを振り返り続ける。

四年半で大きくなった子供たちへ、また会いにくるから、それまで元気でいるんだよ。

兄に黙ったままそっと抱き締められる。

涙が止まらない私は、泣き顔を見られるのが恥ずかしく、長い間、兄の肩に顔を埋めていたのだった。

馬車に乗っている間に、現在のステータスを確認する。


【リーシャ・ハンフリー】
・年齢：十六歳　　・性別：女

・レベル：10　・HP：528　・MP：528
・時空魔法：ホーム（レベル10）、アイテムボックス、マッピング（レベル10）、
召喚

【椎名賢也】
・年齢：十八歳　・性別：男
・レベル：10　・HP：550　・MP：550
・光魔法：ヒール（レベル5）、ホーリー（レベル3）、ライトボール（レベル5）

私はホーム内でアパートを中心に半径十キロ移動可能となった。

新しい魔法は覚えられず、MP528の使い道がない。

兄はヒールのレベルが5に上がり、MP消費は50で、治療できる範囲がさらに広がった。

ライトボールはレベルが5に上がり、MP消費は15で、さらに威力が上がったらしい。

怪我をしない私たちはヒールを使う機会がないため、兄は子供たちの治療にヒールを使い、レベル上げをしていた。

詳しいステータスを見られるのは本人だけなので、レベル3でHPがどのくらい回復するか不明

だけどＭＰ消費は30。

兄の身長は百八十センチになり、十六歳からはお酒も解禁し、毎晩ビールを飲んでいる。

もうそれだけで充分幸せそうだし、冒険者としての稼ぎも多く、勝手に召喚して不安だった件は解消された。私は兄が一緒に冒険者をしてくれて、本当に恵まれていると思うので、感謝の気持ちとして、晩酌時のおつまみを一品増やすことにした。

不思議なのは、私の身長や見た目は十二歳のときから全く変わっていないということ。

毎日栄養のある食事をしっかり食べているのに四年半も同じなら、これ以上成長する余地はないんだろう……

兄は、もしかしたら日本にいた頃より身長が高くなる可能性がありそうなのになぁ。

◇　◇　◇

【ある冒険者の声】


今から四年前。

この町で注目されている不思議な少女が、ある日突然見知らぬ少年を連れてきた。

少女はお兄ちゃんと呼んでいたが、似ていないから本当の兄妹ではないだろう。

着ていた古着は少女と同じように小綺麗だから、こいつも裕福な商人の息子辺りか……

その日、少年は肉の配達を一日十六回もこなした。

そして、どうせすぐに音を上げるだろうと思っていた俺たちを驚かせた。

少年が町に来た次の日の午後。

少女と森へ薬草採取に向かった少年は、魔力草を十五本も提出したのだ。

癒し草と違い、魔力草を見つけるのは難しく、一日に五本が普通で、大抵のF級は癒し草十本にするんだが、それでも半日程度はかかる。

少年はこの町で、一番早く二百回の依頼をこなし、E級に上がったんじゃないかと思う。

しばらく経って、少女たちが武器と防具を揃え、角ウサギを狩りにいくようだ。

しかし盾だけって……剣は使えないのか少年よ！

力のない少女に槍を持たせて、止めを刺させるつもりか？

しかも二人でいく気満々だが、どうせ上手く狩れず、下手したら怪我をし、泣きながら帰ってくるかもしれない。

そんな俺の心配をよそに、二人は何事もなく角ウサギを八匹狩ってきやがった！

八匹も、どうやって見つけるんだ⁉

しばらくすると、少女が受付の女性へ「家を購入したいが、どうすればいいの？」と相談している声を耳にした。冒険者ギルドの管理で誰も住まなくなった家はいくつかあったと思うが、ありゃ築二十年以上するオンボロで、建て替えるのも金がかかる。

不良物件となり残ってるやつだから、誰も住みたいとは思わないだろう。

少女は安くて助かると、五軒の一軒家を誰にも売らないよう頼んでいたが、あんなボロの家を五軒も買って、商人の娘がどうすんだ？

三か月後、ついに少女は一軒目を買い、町中の人に注目された。

少女は身寄りのない子供たちの中から、年齢が低い子供を探し声を掛けていく。

十人集めたあと、買った家へ案内している姿を見て、まさかまさかと思っている間に――

「ここが、今日からあなたたちの家です。お姉ちゃんとの約束を守りながら、綺麗に使ってね！」

少女がとんでもないことを言った！　ありえない！

金貨一枚でボロ家を買うなんて、金をドブに捨てているようなものだと思っていたが……

路上生活だった子供たちには願ってもない奇跡だろう。

他の子供たちは、自分も家に住みたいだろうが「よかったね～」と笑っている。

こっそりあとで「お前たちはいいのか？」と聞いたところ、「うん。お姉ちゃんが全員分の家を買ってくれるんだよ～」と嬉しそうに言う。

そりゃ、子供の口約束じゃねぇか！　でもきっと信じているんだろうな……

さらにか二か月後、少女はマジックバッグを二つ購入したらしい。

まだE級なのに、そんなの買ってどうするんだと見ていたら、なんと一日で四十四の角ウサギを狩ってきた！

少年のほうは、子供たちにヒールを使用し、治療まで行っている。

魔法を使えるのは王都にある魔法学校へ入学した人間だけで、それでもMPを多く使うから、あまり頻繁には使用できないと聞く。

実際この町で魔法を使える人間は、B級冒険者の二人だけだ。

大抵は教会に行き、最低でも銀貨三枚から怪我の大きさに合せた料金を払い、治療してもらう。

教会は孤児院も兼ねているため、治療代は貴重な現金収入になる。

本当に、あの少年少女は何者なんだろうか？　皆、どこに住んでいるかわからないと言う。

結局五軒のボロ家を購入し、路上生活をしている子供たち全員に家を与えた。

俺は宿代を払い食事をし、武器や防具やマジックバッグを買って、貯金するのも苦労しているのに。俺には少女たちの真似はできない。

町の住人たちは毎日一食分、子供たちの家へ飯を作りに行き、料理を作れない大人の冒険者たちは食材を差し入れるようになった。

俺が子供たちの家に行った際、「ここは土足厳禁です」とある子供に言われた。

革靴を脱ぎ、濡らした手拭いで、足を拭けと言われた時は、なんの冗談かと思ったが「約束だから」と頑なで、さらには手を洗い、うがい？　をしろとまで言われた。

部屋は綺麗に掃除されており、布団は十人分畳まれ、食器棚には十人分の食器が揃えて並べてある。

その日は布団を庭に干さないといけないらしく、大丈夫かと思い見ると、太いロープのようなものが低い位置に二本、一メートル程離されしっかりと括りつけられていた。

子供四人が布団を運び、二本のロープに架けるよう干していた。

こうすると布団が喜ぶそうで、二時間ほどしたら、棒を使い軽く叩き、さらに裏返して二時間後、また棒で軽く叩くらしい。

俺が差し入れした食材を使用し、子供たちが料理する。

食べる前には両手を合わせ頭を下げ「いただきます」と言っているが、少女とした約束は他にも沢山あるみたいで子供たちは俺より清潔になっていた。

二人がD級冒険者へ上がるための昇格試験を受けると聞き、興味があった俺は担当に手を挙げた。

少年はゴブリンの眉間を正確に狙い、ライトボールを撃って倒した。

しかし、解体ナイフを二人とも忘れてきたと言うので、そんな大事なものをなぜ忘れるんだと少し叱ってやった。

解体ナイフを貸してやると、少年が手際よく左耳を切り落とし、魔石を取り出したので、問題ないと判断する。剣は使えるほうがいいが、魔法があるから不要なんだろう。

少女はどう倒すのか見ていると、少年が角ウサギを盾で殴りつけたあと、地面に押さえ槍で刺させた。ゴブリンは少年が首筋を魔法で撃ち、倒れたあとに少女が止めを刺す。

解体ナイフは使用したことがないのか、少年の指示に従っている。

まぁ、二人なら大丈夫だろうと俺は合格を出した。

その後、ボア用のマジックバッグを二つ購入し、ボアやベアを週に二〜三匹は狩っている。

おいおい、全滅させるなよ?

三年後、二人は使用しなくなった武器や盾やマジックバッグを冒険者の子供たちに渡し、ダンジョンがあるリースナーの町へと旅立っていった。俺たちに多くのものを残して……

この町にはもう、路上生活をしている子供は誰一人いない。

第三章　リースナーの町ダンジョン攻略

馬車に揺られ、休憩を挟みながら半日。

一緒に乗り合わせた二人の夫婦と話している間に、目的の町へ到着する。

この町の名前はリースナー。

町の宿に泊まるのはお金の無駄なので、私たちは一度自宅へ帰った。

明日からは待望のダンジョンだ！

◇　◇　◇

翌朝八時。ダンジョンのことを資料室で調べるため、まずは冒険者ギルドに向かう。

ダンジョンは入場料が一人銀貨一枚掛かるらしく、思ったより高いけど、ダンジョンに入れるのはC級冒険者からだから問題ないのかな？

二十四時間出入り自由なのは、冒険者には大変便利だ。

リースナーのダンジョンは地下十階まであり、罠や宝箱はなく、転移もできない。

十階まで下りようとするならば、各階の安全地帯でマジックバッグを利用しながらテントを張り、長期間潜るそうだ。

そして深層になればなるほど魔物は強くなる。

C級であれば、このダンジョンにいる魔物は全て討伐できるみたいだけど、強さにはかなり幅がありそう。

一階で常設依頼の内容を確認してみよう。


【常設依頼・C級・ダンジョン地下一階】
・リザードマン一匹：銀貨七～十枚（魔石と本体で討伐確認）
・ファングボア一匹：銀貨七～十枚（魔石と本体で討伐確認）
・吸血コウモリ一匹：銀貨三枚（魔石と本体で討伐確認）
・ダンジョンネズミ一匹：銅貨二枚（魔石と本体で討伐確認）
・ファイアースライム一匹：銅貨一枚（魔石で討伐確認）
・ウォータースライム一匹：銅貨一枚（魔石で討伐確認）
・ウィンドスライム一匹：銅貨一枚（魔石で討伐確認）

・アーススライム一匹：銅貨一枚（魔石で討伐確認）

ダンジョンに出現するのは、初見の魔物ばかりで少しドキドキする。

リザードマンはトカゲかな？

受付の女性にダンジョンの場所を聞いたところ、冒険者ギルドから乗合馬車が一時間毎に出ているとのこと。料金は一人銅貨二枚らしい。

馬車に乗る前に魔道具屋へ寄り、マジックバッグを二個、金貨三十枚で購入する。

ダンジョン地下一階の地図とサイズの違うマジックバッグが棚に置かれている。

買ったもの以外のマジックバッグはどれも大きく、肩に掛ける仕様になっていた。

身長の低い私には少し使いづらい大きさだし、革製なので重そう……

マッピングがあるので、地図は購入しない。

用事を終えて冒険者ギルドに戻ると、ギルドの前には十台くらい馬車が並んでおり、まるでタクシーのようだ。

しばらく待ち、五台目に来たダンジョン行きの馬車へ乗り込む。

六人乗りだったので、見知らぬ冒険者と一緒になった。

十代後半から三十代と年齢層は広いけど、女性は一人もおらず、どうやら同じパーティー仲間のようで、男性たちはニヤニヤ笑いながらこちらを見てくる。

視線が私に集中しているように感じ、怖くなり思わず兄の背中へ隠れてしまった。

馬車に乗り一時間後、ダンジョン前に到着し、四人は入場料を払いダンジョン内へ入っていく。

「お兄ちゃん。この町の冒険者はちょっと怖いよ。注意したほうがいいかも……マジックバッグを盗まれそう」

「あいつら、何か企んでそうな気がする。気を付けておいたほうがいいかもな」

「うん、お願い。私もマッピングを見ながら、なるべく会わないようにするから」

ミリオネの冒険者は皆優しかったので、身の危険は感じなかったのに。

ダンジョンがある町は違うのかなぁ。

入場料の銀貨一枚を受付の男性に払い、入り口から地下へ続く階段を下りる。

すると、地下一階は迷路のようになっていて、三メートル幅の通路を進みながら攻略するようになっていた。特に照明がなくても、問題なく周囲を見渡せる。

「ダンジョンって、結構明るいんだね～。壁が少し光ってるよ」

辺りをキョロキョロ見ながら、兄に話しかける。

「これぞファンタジーだ！　興奮するなぁ～」

兄は初めてのダンジョンに浮かれた声を上げ、私も先程嫌な思いをしたのを忘れ、わくわくする。

「前方三メートルにファイアースライム三匹。ファイアーボールを撃ってくるから注意！」

「了解」

マッピングで索敵したことを伝えると、兄は盾を構えながら慎重に歩く。

そして、一メートルくらい近付いた時、三匹の赤いスライムからファイアーボールが放たれた！

二発は兄が盾で受け止め、残り一発が私の右手首をわずかに掠った。

驚いたけど、服が燃えただけで熱いとは感じなかった。

これ……ＭＰが５２８あるおかげで、魔法があまり効かないんじゃないかしら？

私が一匹を槍で突き刺し、兄がライトボールで二匹倒した。

その後、兄は心配そうに私の腕を確認した。火傷跡のない綺麗な皮膚を見て安心したのか、ホッとした表情になる。

魔石を拾いマジックバッグに入れ、念のためＨＰが減っていないかステータスを確認すると――


【リーシャ・ハンフリー】
・年齢：十六歳　・性別：女
・レベル：10　・ＨＰ：５２８　・ＭＰ：５２０
・時空魔法：ホーム（レベル10）、アイテムボックス、マッピング（レベル10）、

召喚

・火魔法《ひまほう》：ファイアーボール（レベル0）

ＭＰが8減少し、火魔法を覚えていた！

「私、火魔法を覚えられたよ！　お兄ちゃんも確認してみて！」

「本当か!?」

大喜びしながら、実際に火を手から出してみる。

そんな私の様子を見た兄は、自分のステータスを確認して首を横に振った。

「……俺は無理だった」

ガッカリする様子を見ながら、同じ魔物を倒したのに何が違うんだろうと考え、行動を思い出す。

違いは私が魔法を受けたことだけだった。

「もしかして、攻撃を受ける必要があるのかも？　次は盾で防がず体で受けて検証しよう！」

「ああ、そうしてみよう」

五メートル歩いたところでウォーターースライム三匹を見つけ、二人とも一度魔法を体に受けて倒す。

その後ステータスを確認してみた。

「俺も水魔法《みずまほう》を覚えたぞ！」

兄が嬉しそうに言う。私の推測は当たっていたようだ。

こんな嘘みたいな方法で習得可能とは、これも『手紙の人』からの保障だろうか？

「私も覚えたよ～。ウィンドスライムとアーススライムも、出会ったら同じように魔法を受けてみよう」

「こんな簡単に魔法を覚えられるなんてラッキーだな」

「そうだね、この調子で覚えよう」

いつも兄が光魔法で倒すのを羨ましく見ていた私は、やっと自分のＭＰが使用できると感動していた。

ちなみに火、土、水、風、四つの属性魔法は四属性魔法と言われている。

スライムから四属性魔法を覚えられるなんて、ダンジョンを攻略しにきてよかった～！

地下一階は迷路だから他の冒険者に会わないよう兄に指示を出し進む。

ダンジョンネズミは槍で倒せたけど、吸血コウモリは飛んでいるため、兄に一度地面へ落としてもらい槍で突き刺した。

二時間後、体長二メートルくらいで、二足歩行のトカゲのような見た目をしたリザードマンを発見する。

けど、四人組の冒険者が近付いてきたから、私たちはその場を譲り、戦い方を参考にした。

そのリザードマンは槍を持っており、冒険者たちは盾を使いながら、剣や槍で攻撃していた。

魔法は使用しない。

四人組の男性は盾を持った剣士二人、槍を使う人が二人の構成だ。

討伐を終えると、さっさといなくなったのでホッとする。


さらに一時間後、もう一度リザードマンを発見したけど、私たちより先に四人組の冒険者が走り出し、またしても譲る形となり倒せなかった。

通路の先にある広場のような安全地帯は魔物が入ってこないらしく、五十人程の冒険者たちがテントを張り休んでいる。

設置されている簡易トイレは入る気になれず、攻略を一旦終了し、出口まで三十分走ってダンジョンから出る。

そして人目につかない場所を選んで自宅に帰り、各自トイレを済ませ、朝作ったお弁当を食べることにした。

お弁当は、梅とカツオのおにぎり、ネギ入りの卵焼き、タコさんウインナー、ミニハンバーグ、ほうれんそうとベーコン炒めだ。

食べ盛りの兄は、おにぎりを四個も食べていた！

自宅から異世界に戻る場合、異世界から自宅へ戻った場所にしか転移できず、ダンジョン内は常に人が移動しているため難しい。

マッピングを使いダンジョンの外に転移するのは、入場料を誤魔化すようでしたくないし……

「お兄ちゃん。トイレ問題が切実なんだけど、どうしよう？」

衛生面もあるし、女性は色々と大変だから妥協できないと、兄に相談を持ち掛けた。

「俺は別に問題ないけどな、テントを購入してみるか？　テントの中から自宅に戻ればいいだろう」

兄は解決策を提示してくれたけど、少し不安が残る。

「う～ん。それだといない時にテント内を荒らされたり、テントを持ち逃げされたりしないかな？」

「他人の目もあるし大丈夫じゃないか？」

「えぇ～、男性ばかりで女性が一人もいなかったじゃん！　絡まれたらどうするの？」

「流石に俺も、大人数で囲まれたら対処できないかもなぁ。一度、魔道具屋にいってみよう。マジックバッグがあるくらいだから、マジックテントなんてものもあるかもしれないぞ？」

兄にそう提案されて、確かに何かいい道具があるかもしれないと納得する。

「わかった、魔道具屋にいこう」

ダンジョン前へ転移し、再び乗合馬車で冒険者ギルドへ戻る際、乗り合わせた四人組の男性冒険者は無言で、再び居心地の悪い気分を味わった。

魔道具屋に寄ったところ、普通のテントは二人用銀貨十枚、四人用銀貨二十枚で、マジックテントは二人用金貨一枚、四人用金貨二枚、六人用金貨三枚で、侵入者防止の結界が付与されていた。

ただし、折り畳みはできないんだそう。

まぁ、でも私はアイテムボックスが使えるから問題ない。

「あった、これにしよう！」

「六人用って必要か？」

「小さいより、大きいほうがいいじゃん！」

「あ〜、好きにしろ」

兄の了解をもらい金貨三枚を支払うと、マジックテントに付いている魔石へ血を垂らし、使用者登録をした。

魔石に登録した人物以外はテント内に入れない仕組みになっているので、家のカードキーだと思えばいいか。

魔石は個人の血液を識別しているとのことだが、一体どうやっているんだろうと疑問に思う。

遺伝子情報でも読み取っているのかな？　異世界の常識はわからないことだらけだ。

店主は午前中にマジックバッグを購入したのを覚えていたのか、ファイアースライムの魔石を入れると、ボタンを押せば二十四時間点灯する、便利な魔道具のランタンを一つおまけしてくれた。

最後に、魔法使いはマジックバッグの容量の違いに気付くから注意したほうがいいとアドバイスをもらい、お礼を言って店を出る。

魔法使いかぁ。

私たちも魔法を使えるけど、マジックバッグの容量の違いはわからないから、普通じゃないのかも？

冒険者ギルド前から馬車に乗り一時間後。ダンジョン前に到着した。

魔物を狩りながら安全地帯まで進み、空いている場所でマジックテントを設置する。

中に入ると床は断熱材のようでクッション性があり、大きさは大人六人が寝袋で横になり寝られるサイズだった。

テント内は安心なので、アイテムボックスから二人分のホットコーヒーを取り出し飲んでいると、テントの側で誰かが舌打ちする音が聞こえ、肩が跳ねる。

誰かが侵入しようとしてマジックテントだと気付いたようで、どうやら懸念していたことが現実になったらしい。

「マジックテントにしてよかったね！」

「なんだか、ここの冒険者は質《たち》が悪いな」

腹を立てた兄は顔を顰《しか》め、先程冒険者がいた場所を睨み付ける。

確かに、それはマナー違反だ。

「外に出る時は気を付けないと。マッピングを使用して人が近くにいないのを確かめて出よう」

「ああ、用心するに越したことはない」

三十分ほどしたら諦めたのか、近付く人間はいなくなったので、もう一度自宅に帰りトイレを済ませテントを出た。

魔物を狩りにいったけど、ファングボアもリザードマンも発見できなかった。

私は覚えた魔法をウキウキして唱え、達成感を味わいつつ、もっと格好いい呪文があればよかったなと思いながら無詠唱にも挑戦してみる。

唱えなくても発動するのがわかり兄へ話すと、目立たないよう人前では唱えたほうがいいと諭された。

二人パーティーの時点で既に目を引いているし、男性冒険者の態度も気になっていたから大人しく了解した。

ダンジョン初日の収入は、各種スライムが二十七匹で銅貨二十七枚、ダンジョンネズミ十三匹で銅貨二十六枚、吸血コウモリ二十四で銀貨六十枚になり、合計銀貨六十五枚、銅貨三枚。

空を飛ぶ吸血コウモリは意外と素早く、魔法が使えない冒険者じゃ討伐は難しいかも。

スライムをライトボールで倒すのは魔力が無駄になるため槍で私が突き刺した。

ボール系の火魔法、水魔法、風魔法《かぜまほう》、土魔法《つちまほう》を覚えられたのはよかったけど、なんだか釈然としない初日となってしまった。

◇　◇　◇

翌日。

兄へ攻略時間を夜に変更したいと相談し、夜九時から朝六時をダンジョン攻略の時間と決めた。

いきなり昼夜逆転生活を送るのは体に負担が掛かるから、今日は冒険者活動を休み、リースナーの町を見て回ることにした。

自宅から冒険者ギルドの近くに転移して町を歩いていると、ミリオネの町より人が多く、路上生活者の子供もさらに多い気がする。

子供たちはボロをまとい痩せており、その中には片腕や片足がない大人もいた。

ここでミリオネと同じようなことをしたら、注目されてしまうだろう。

私に何かできればいいのだけど……この町は問題が多いな。

露店巡りをして価格を確認する。

パン、野菜、串焼きの値段は変わらなかった。ダンジョンのある町だから、もっと高いのかと思っていた。

すれ違う男性冒険者から頻繁に見られるのを不快に感じ、私たちは足早にその場をあとにした。

◇　◇　◇

ダンジョン探索二回目。

兄に地図が欲しいと言われ、確かに私しか道がわからないのは不便だと思い、地下一階の地図を購入してきた。

今日は夜九時に冒険者ギルドを出発すると、乗合馬車では四人組の女性冒険者と一緒になった。

「あら、見かけない顔ね。こんばんは」

「こんばんは。お姉さんたちも、この時間から？」

「ええ、この町の女性冒険者はほとんどそうじゃないかしら。男性冒険者たちの態度が悪くてね。私たちも最初の頃はいつもと同じ時間に潜っていたんだけど、こっちのほうがいいって教えてもらったのよ」

二十代後半に見える女性は気さくな感じで私に返事をする。

「そうなんですか？　実は私たちも二日前この町にきたばかりで、嫌な目にあったから時間を変更したんです」

「そうしたほうがいいわ。リザードマンやファングボアは男性冒険者がいる時、絶対狩れないから」

「やっぱり、偶然じゃなかったんですね……」

私は苦い顔で言う。

ダンジョンへ行くまでの間、四人の女性冒険者と仲良くなり、色々教えてもらった中で、気になる情報があった。

この町には奴隷商がいるらしい。奴隷かぁ……ファンタジー小説ではよく出てくるけど、ミリオネの町に奴隷はいなかったから実際目にしたことはない。

人権を保障された日本で生まれた私には理解しがたいことだ。

一体どういう理由で奴隷になるんだろう。借金？　誘拐？

私は小さいから特に注意したほうがいいと言われ、微妙な顔になる。

小さいのは身長だけだと心の中で叫んでおいた。

ダンジョンへ入ると時間帯のせいか男性冒険者の姿はなく、これで獲物を横取りされないだろうからよかったと思う。


一時間後、今回は武器を持っていないリザードマンを見つけた。

兄がライトボールを眉間に当て倒した後、私は血抜き作業のため頸動脈を槍で突き刺す。

トカゲ肉は美味しいのかな？


三十分後、今度は森のボアより少し顔がいかついファングボアが見つかり、同じように兄が倒し私は血抜き作業をした。

ダンジョンネズミは単価が安いから、新しく覚えた消費ＭＰ１で済む魔法を使用して倒し、レベル上げをする。

やっとＭＰが活用できるよ！　ネズミといっても角ウサギくらいあるけど。

肉は食べられるのか心配しつつ、一応血抜き作業はしておこう。

さらに一時間後、槍持ちのリザードマンを発見した。

兄が頸動脈を切り、盾で押さえ付けてくれているので、私は安全な状態で槍を突き刺した。

その後、安全地帯へ向かうとテントがいくつか張られており、初日のような嫌な感じはしないけど逆に男性が少ないので、兄は居心地が悪そうだ。

私たちもマジックテントを出して、設置する。

周囲を見渡すと、ダンジョン内で簡単な料理をしている女性たちを見かけた。

薪を使用した調理ではなく、何かの上に鍋を直接置いている。

火は見えないけど、あれは魔道具だろうか？

気になり料理を作っている人に近付き聞いてみる。やはり魔道具らしい。

カセットコンロに似ているけど、炎が出ないから電子調理器みたいだなぁ。

この世界の魔道具は優秀だから、探せば他にも色々面白そうな商品があるかもしれない。

ここでもあなたは小さいから気を付けてと言われ、奴隷商は何やら違法なことをしているのではと思い当たる。

異世界人の背は皆高く、大人の女性は百六十五から百七十センチが平均で、男性は百八十五から百九十五センチが平均だ。だから余計に小さいことについて言われてしまう。

そういえば、ミリオネの町の子供たちにも四年半の間に、次々身長を抜かされたっけ……切ない。

ついでに路上生活者が多い理由を尋ねてみると、大人は元冒険者がほとんどらしい。

地下五階から強い魔物が出現するため、油断し片足を千切られたり、利き腕を噛み切られたりした人たちだそうだ。

怪我は教会や治療院で治療するけど、欠損した部分の再生はできず、傷口が綺麗で切られた部分がある場合のみ接続可能とのこと。

治療代金が高額な上に、大抵は魔物にやられた傷口をポーションで止血して、すぐに逃げ出すから、千切れた足や腕を持ち帰る余裕はないらしい。

冒険者としての収入が減り、貯金も底をつき宿泊費を払えない宿屋暮らしの人は、追い出されるんだとか。

この町の宿屋は一泊朝食付で銀貨一から五枚で、中古の一軒家は金貨五枚以上。

新築となると最低が金貨百枚かかる。

子供たちは親が亡くなっても孤児院に入れないため、路上生活を余儀なくされ、支援の手は足りておらず、冬は寒さや飢えで死亡する子供が多くなると言う。

教会の炊き出しは週二回で、全ての人に渡る量はなく、特に小さい子供は列に並んでいると怒鳴られるそうだ。普通は優先させてあげるものじゃないの？

その中で運よく冒険者登録ができた十歳以上の子供が、馬糞掃除や汚物回収の依頼を受け、なんとか生活しているらしい。

十二歳以下の子供は奴隷にできない。十三歳以上の路上生活をしている女の子は目を付けられやすぐ注意する必要がある。

ダンジョンの地下深くに潜る場合は長期にわたるため、クランも多いみたい。

クランはたくさんのパーティーが集まってできた冒険者集団だ。

立場が下の者たちが、ダンジョンに潜っているチームにマジックバッグを配達するんだとか。

「中には奴隷商と繋がっているクランもあるから、声を掛けられても絶対についていってはダメよ」

そう念を押された。

最後に、地下一階を拠点としている男性冒険者は大抵朝六時頃から潜り始めるので、朝五時には乗合馬車へ乗ったほうがいいとアドバイスを受けた。

私は真剣な顔をして頷き、有意義な話を聞けてよかったと満足する。

テントから自宅へ戻り、トイレ休憩を済ませたあと、兄へ先程聞いた話を教える。

すると眉間に皺を寄せ、深く考え込んでしまったようだ。

奴隷商に繋がっている冒険者がいると知り、私が狙われないか心配しているのだろう。

そのあとは安全地帯へ戻り順調に狩りを続け、朝五時の乗合馬車に乗り冒険者ギルドで換金した。

本日の成果はリザードマン三匹、ファングボア四匹、吸血コウモリ二十四匹、ダンジョンネズミ三十四、各種スライム四十匹で、合計金貨一枚、銀貨五十二枚だった。

全部合わせて、初日の二倍以上の収入だ。

リザードマンとファングボアは、眉間と首回り以外にはどこにも傷がないので、皮の価値が高く、それだけで銀貨二十一枚は儲かった。やったね！

これは私がマッピングを使用し、魔物を見つけながら先導しているからで、普通の冒険者はそんなに上手く狩れないと思う。他の冒険者よりも遥かに有利だ。

宝箱があれば、この能力で根こそぎ回収したんだけど、残念ながらこのダンジョンにはなかった。

リザードマンとファングボアは数が少ないので、見つけたら早い者勝ちなんだろう。

リザードマンが持っていた槍は、きっと冒険者から奪ったもので、状態がよければ武器屋で売れるみたいだけど、売るよりミリオネの町の子供たちに渡してあげたい。

◇　◇　◇

これまで毎日のように魔物を狩っていた私たちは、収入が増えたから、週休二日に変更することにした。

最初の土曜日、お昼過ぎに起きて遅い昼食を食べる。

昨日ファングボア一匹分を換金せず、解体場のおじさんに肉だけ欲しいとお願いしたら、銀貨三枚の肉代だけ報酬から引いてくれた。牛サイズでこれは、かなりお得かも。

日本で牛一頭分の肉を購入しようとしたら、百万円以上掛かるだろう。

牛や豚や鶏を飼育して売るよりも、人件費と飼料代が掛からない魔物肉は安くなって当然だし、
さらに肉屋を通していないため今回は原価での仕入れになる。

露店で野菜を購入したあと、教会へ寄って寄付しよう。

この世界の教会は、どんなところだろうか？

日本人は無宗教の人がほとんどだから宗教を信仰する基盤がない。

なんといっても、八百万神《やおよろずのかみ》が息づく土地だし、一神教の教えは受け入れがたい国民性でもある。

教会？　ぽい建物に近付くと、シスター姿の女性がやってきた。

勧誘されたらどうしようと不安になりつつ、声をかける。

「あの……ファングボアの肉を炊き出し用に寄付したいんですけど」

すると、とても喜んでもらえた。やっぱり、寄付だけじゃ限界があるんだろうな。

今日はちょうど炊き出し日だと聞き、作業の手伝いを申し出た。

シスターに路上生活をする子供の人数を確認したら百人くらいいるそうで、ダンジョンがある町だけあり、ミリオネより孤児が多い。

私が持参した肉と野菜を使用して、いつもより多くのスープを作れたみたいだ。

子供たちに食べてもらえるように、小さな子供を集め先導する。

炊き出しに並んでいた大人たちがジロリと睨んできたけど、兄が後ろで威嚇したせいか、怒鳴るような人は出ず、無事食べさせられた。

パンは残念ながら、いつもの分しか用意していないので全員に渡らず、不足分を持参する必要がある。途中でスープの器が足りなくなったけど、食べ終わった子供が渡したから問題なかった。

シスターへまた土曜日にくると伝えて教会から出ると、その足で魔道具屋に寄り必要なものを購入する。

露店では野菜とパンを無理のない範囲で購入したあと、時間停止機能があるアイテムボックスに忘れず移しておいた。

◇　◇　◇

日曜日の午後。そういえば防具を一度も交換していないと気付き防具屋へ向かう。

四年半の間に兄は身長が伸び、大人サイズへ変更していたけど、私は攻撃を受けなかったから鎧に傷が付くこともなく忘れていた。

防具屋の店内は安いものから順に、銀貨十枚のファングボアの革鎧、銀貨十五枚のリザードマンの革鎧と並べてある。

リザードマンの革鎧を二つ購入しようとしたら、私に合うサイズは店頭に置いておらず、注文となるそうだ。

兄の分を銀貨二十枚で購入できたけど、私の分が今日手に入らないので、ちっとも嬉しくない。

一週間後、引き取りにくると伝え店を出た途端、笑っている兄へ思いっきりエルボーをかましておいた。

背が低いと悩んでいる妹を笑うなんて失礼しちゃうわ！

◇　◇　◇

週が明けて、またダンジョンに入る。

いつものように安全地帯へ行くと、怪我をした女性を同じパーティーのメンバーが取り囲んでいる。

右手をかなり負傷しているようで、そっと覗いた感じでは広範囲に傷口が広がり、骨が見えている部分もあり、見ているだけで凄く痛そう……

気付いた兄が急いで駆け付ける。

「しみますよ！　我慢してください」

舌を噛まないよう女性の口に棒を挟み、ウォーターボールで傷口にじゃばじゃば水を掛け、ヒールを唱え治療する。

傷口が綺麗に塞がり安心していると、女性たちはなぜだか困惑している様子。

「ありがとうございます」とお礼を言っているけど、なんだか辛そうにも見える？

他のパーティーメンバーは動かず、怪我を治療してもらった女性が兄の手を掴み、自分たちのテントへと連れていってしまった。

しばらくすると、兄が困った様子でテントから出てきた。

「何かあったの？　他にも怪我してた？」

理由がわからず、兄に尋ねてみる。

「テントの中に入ってから話す」

そう硬い声で言われ、気になったままマジックテントを設置する。

問いただすと、連れていかれたテント内で女性から治療代だと言ってお金を渡されたそうだ。

でも兄は、勝手に行った治療で対価は受け取れないと断ったとのこと。

兄は外科医だからか、魔法での治療時、消毒薬も麻酔薬もなく、傷口も縫わず治療することに、いつもどこか納得がいかない顔をしていた。

ミリオネの子供たちにも無償で治療していたし、ただヒールを唱えただけでお金をもらうのは嫌だったのだろう。

その後、仲良くなった女性冒険者に、こういうことはよくあるのか尋ねると、基本的に地下一階の治療代は、使用するポーションの三倍払う必要があるそうだ。

ポーションがなければ引き返さなければならないので、その日の収入をふいにするのを考えると、妥当なのか……

今回のような傷だとハイポーションでは治らず、エクスポーションが必要で、その三倍だと銀貨九十枚くらいになるからかなりの高額治療だ。

光魔法を使える人は冒険者の中では少なく、必要になるMPも多いため、無料で治療はしないらしい。


しばらく話したあと、討伐を開始する。

槍を持ったリザードマンを見つけるたびに、兄は瞬殺していた。

槍に血がついていたから、女性の傷はもしかするとこの魔物につけられたのかも？

休憩時、いつもテントの中に籠りきりだと不審に思われるかもしれないと、購入した魔道調理器でお湯を沸かす。

ダンジョン内は少し肌寒いから、この世界の紅茶に似た飲み物を飲むことにした。

ダンジョン攻略は十時間くらいなので、お腹も空くから飲食やトイレも必要になる。

十時間も狩りを続けるのは、休憩を挟みながらでないと無理だし、周囲の女性冒険者たちは温かい飲み物やドライフルーツを食べて、糖分も補給しているみたいだ。

食事は何を食べてるんだろうと気になり、隣のテントで料理中の女性に見てもいいか聞いてみる。

観察すると、切った野菜と角ウサギの肉だろうか？

それを鍋に入れ、塩とハーブのようなものを一緒に煮込んでいた。ハーブのようなものは肉の臭み取りに利用する、ローリエの代わりかも？

最初に材料を炒めたりはしていなかった。

炒めると味にコクが出て煮崩れも防げるし、味付けは塩のみではなく、胡椒やコンソメを入れるだけで随分違うだろうなぁ。

この世界は電子調理器に似た魔道具があるのに、調味料が塩のみと、料理の発展がかなり遅れている。

主食のパンは酷く、無発酵で作られているせいか、硬くぼそぼそした食感で、食べると口内の水分が全て奪われる感じがする。

野菜は普通で、じゃがいも、人参、玉ねぎの味は変わらない。異世界独自の調味料があっても良いはずなのに、どうして塩だけの味付けなのか不思議で仕方ない。

日本人の食に対する執念は、世界でトップレベルだ。

あらゆる食材が普通にある私たちは異世界の料理を正直食べたいと思えなかった……

もし自宅で美味しい料理を食べられなければ、結構辛かったかも。

ホームの能力があるおかげで食事に苦労せずに済み、助かっている。

◇　◇　◇

翌週土曜日の午後。

冒険者ギルドで引き取ったファングボアの肉と大量の野菜と露店で購入したパンを持参し、教会へと向かう。

流石に牛サイズの枝肉を一人で部位に分けられないから、孤児院の調理担当者にファングボアの肉を渡し、調理しやすいよう部位別にしてもらった。

炊き出し班から少し離れた場所に簡易テーブルを出し、お肉を一口大に切ると、魔道調理器と業務用寸胴鍋を取り出す。

最初にラードでカット済み野菜とお肉を炒め、臭み取りのローリエと少量の胡椒も入れる。

できればコンソメを使用したかったけど、普段のスープと味が違うのは奇妙に思われるので諦めた。

このスープは大人たちに提供せず、子供たち専用に私が作る許可をシスターからもらっている。炊き出しはいつもの量がちゃんとあるし、大人たちも自分の分が減るわけじゃないから文句を言わないだろう。

「子供たちは、こっちに並んでね～」

声を掛けると前回のことを覚えていたのか、ちゃんと列になり並んでくれた。

器が不足しないよう、シスターが用意した分に合わせ、私が購入した分も追加する。

スープを受け取った子供たちを、兄が大人たちからさらに離れた場所へ誘導し、パンを二個ずつ渡していった。

今回は器やパンが不足することもなく、全員に渡せたよ！

塩分も不足がちな気がしたので、私が味見し、美味しいと思った塩加減にしておいた。

味付けはシスターが作ったものとは違うだろうけど……まぁ、大丈夫だろう。

「ありがとう、お姉ちゃん。とっても美味しかったよ！」

食べ終わった器を返却する時に嬉しそうな顔をして女の子が言う。

子供たちの口にも合ったみたいでホッとし、場所を貸してくれたシスターへお礼を言い、来週また炊き出しをすると伝えた。今の私にできるのは、それくらいだ。

ミリオネの子供たちのように毎日何かしらの支援をするのは、昼夜逆転の生活では無理だろう。

何かいい方法はないかな？

炊き出しを終えて露店へ向かい、次回用の野菜とパンを購入してアイテムボックスに収納する。

そのあと、ハーブとドライフルーツが気になり、乾物屋へ寄ってみる。

ドライフルーツは、アプリコット、レーズン、りんごなどが売っており、意外と種類が豊富だった。

女性冒険者が使用していたローリエに似た葉を見つけ、値段を確認すると結構高い。

う～ん、この葉の形……どこかで見た覚えがあるような？

そうだ！　ミリオネの森の深く、ベアが出現する場所で見た記憶がある。

確かに、気軽に行ける距離じゃないため、値段が高いのも納得だ。

今回は食べ応えのあるアプリコットを六キロと、巾着を百個購入し、自宅へ戻った。

帰宅後、兄と二人で巾着の中にアプリコットをせっせと詰めていく。

◇　◇　◇

日曜日の午後は防具屋へ注文していたリザードマンの革鎧を受け取りに行く。

そのあと、冒険者の格好に着替え、兄とミリオネの森の深くへマッピングの転移を何回も使用しながら向かった。

無事にローリエに似た木を見つけ葉を採取する。値段が結構高かったので節約するため、直接取りに来たのだ。

沢山採取して大満足し、途中で見かけた魔物もせっかくだから狩っておく。

ミリオネを離れ半月も経ってないけど、相変わらず角ウサギの繁殖力が半端ない。

年中発情期なのか……？

私たちが狩らなくなってしまったから、そこらじゅうにいる。

私も覚えたばかりの魔法レベルを上げるため、槍は使わず角ウサギ相手にしばし無双した。

再びマッピングの転移を駆使し、リースナーの町へと戻る。

ローリエに似た葉をタダで手に入れられ、お得な気分。

兄が採取を手伝ってくれたから、この日の夕食はお礼を兼ね、好物の豚カツを大量に揚げた。

残った分はアイテムボックスに収納しておけば、いつでも熱々の状態で食べられるから、このアイテムボックスはかなり役に立つなぁ。

時間停止の機能は世の主婦たち垂涎《すいぜん》の能力だろう。

◇　◇　◇

月曜日、これからまた五日間のダンジョン。

探索している途中、何度か怪我人の女性を見掛け、兄がヒールを唱え治療する。

お金を渡そうとする女性には、路上生活をしている子供たちにパンや串焼きを買ってあげてほしいと頼んだ。

怪我の治療をした女性にお願いしておけば、少しずつ支援する人が増え、間接的に私も力になれると思ってのことだ。

これで沢山の子供たちが食べられるようになればいい。

兄は魔法レベルに関係なく、治療範囲を自分で変更可能になったらしく、ライトボールも同様にできるそうだ。

私も今はレベル1だけど、どんどんダンジョンネズミを倒して上げていきたい！

安全地帯での休憩時、周りの女性冒険者と話す機会が増え、随分仲良くなった。

地下一階を活動拠点にしている女性冒険者たちは地下二階へ下りないと言っていた。

往復の時間が大変だし、地下三階までは討伐依頼の内容も変化がないから当然か……

ダンジョン内で宿泊するのは、寝ている時に見張りを立てると睡眠時間の問題もあるし、マジックテントがないと無理なのかな？

パーティーは基本四人で六人だと収入が少なくなるから、あまり人が増えるのは避けたいようだ。

地下五階以降へ潜っている六人組の女性冒険者も中にはいるけど、そういう人たちはベテランでレベルも高いため、男性冒険者からも恐れられているみたい。

となると、二人組の私たちはかなり浮いた存在だろう。

レベル10になったから、召喚で一人呼べるけど、こっちの世界に連れてこられそうな人が思い浮かばない。

やっぱり二人でのダンジョン攻略は無謀だったか……

でも実際はそれほど困っていないけどなぁ。

魔法を使える人間は少ないらしいから、それも注目される原因になっている。

兄にいたっては剣も持っておらず、完全に魔法オンリーだ。これは、ＭＰ５５０のなせる業《わざ》か……

しかも効果範囲を指定して、全レベル使用できるのは、規格外だ。

そして、どうやらスライムの攻撃魔法を受け魔法を覚えるのは一般的ではないらしいこともわかった。

五日間ダンジョンに潜ったあと、換金作業を済ませた私たちは、ホクホクしながら自宅へと帰った。

今回なぜか兄がリザードマンを鬼のように倒したせいで、大量の銀貨を手に入れたのだった。

◇　◇　◇

翌週月曜日から、私たちはまたダンジョンに来ている。

治療後のやりとりについて、私が思っているよりずっと、兄は気に障っていたみたいで、外科医としてのプライドが傷付いたらしい。

女性冒険者たちは無料で治療をしてもらえると喜び、中には兄が光魔法を使えると知り秋波を送る女性もいたけど、自分の子供でもおかしくない年齢の若い女性へなびく兄ではなかった。

朝食時、どう考えても二人組は目立って仕方ないと、最近考えていた今後のパーティーメンバーについて話し合った。

最終的に地下十階を目指してるんだから、あと二人いたら心強いんだけど。

「いや当分無理だと思う。レベル20になり、二人同時に呼べる時まで保留だな。一人ずつ呼んでも、C級冒険者になるまでの時間が無駄だ。この世界の人間と組むのも問題ありそうだし、分け前が減るだろう」

いや、もう医者だった頃の年収超えてんじゃん！

貯金は一体いくらあったのか怖くて聞けないけど、消えてなくなった億ションや愛車や貯金を忘れられずにいるんだろうな～。

年収二千五百万円だったし、マンションは即金で支払い、医者は忙しくて付き合う女性もおらず、独身貴族の生活を悠々自適に送ってたんだから、そりゃ、名残惜しいのもわかる。

本当に、申し訳ありませんでした――

◇　◇　◇

土曜日の午後は教会へ炊き出しに行き、子供たちだけを集め別の列に並んでもらい、今日も具沢山スープを配る。

最早スープと具の比率が間違っているとしか思えないけど、普段摂取できない栄養素を、少しでも多く取ってほしいのだ。じゃがいもは炭水化物だから、お腹も膨れるしね。

食べ終わったスープの器を返却してきた子供たちに、お腹が空いた時によく噛んで食べてねと言い、一人一人アプリコット入りの巾着を首へ掛けてあげる。

また来週、巾着を持ってきたら中身を入れるので忘れないようにと伝えておいた。

砂糖は高価なため、手軽に取れるドライフルーツの甘味は喜ばれるだろう。

シスターにお礼を言ったあと、露店で材料を調達し帰宅した。

◇　◇　◇

日曜日の午後。今日は完全休暇で久し振りにホーム内を探索してみる。

そういえばレベル10になったから、追加登録が一件できるけど、まだしていない。

大抵の店は入ることが可能で、個人の自宅なんかは入れなかった。

行きたいところはと考えても、温泉ぐらいしか思い付かず、当然そんな近くに温泉はなかった……

近所にスーパー銭湯はあるんだけど、温泉へいくためにはかなりのレベル上げが必要になりそう。

運転免許を持っている兄はホーム内にある車を運転し、どこかへ出掛けている。

お小遣いは毎月三千円を渡している。必要経費のガソリン代や日用品、消耗品、酒代は私の支払いだから、十分だろう。

最初アパートにあった十六台の中に趣味の車種がなかったのか、兄は文句を言っていた。

タワーマンションに住むような独身貴族と違い、皆家族を養ってるんだからしょうがないでしょ？

アパートの住人の年収を考えてほしいよ！　ファミリーカーの何が不満なの？

私は免許がないので、自転車に乗りサイクリングを楽しもうと見慣れた景色を移動しながら、誰一人いない町の中を軽快に進んで、本屋に寄り新刊のチェックをする。

続きが気になっていた本も読めるし、かなり嬉しい。

お気に入りの喫茶店へ入り、大好きな生クリーム山盛りのウインナーコーヒーを注文し読書をしながらまったりと過ごす。

電子メニューへ変更されコーヒーチケットが無駄になっちゃったけど、そこまでは対応できないか。お金を入れるところへコーヒーチケットを突っ込んだら返却され、兄に思いっきり呆れた表情で見られたな。だって使えたらいいと思ったんだよ！　貧乏性だから！

他にもチケット色々あったのになぁ。ポイントカードも溜まってたのに全部交換できないまま損をしてしまった。

三時間ほど、喫茶店でのんびり過ごしたあとに自宅へ帰る。

自動車が一台ないから兄はまだ帰っていないようだ。

ホームのレベルが上がり、移動できる距離が長くなったら、絶対温泉にいこう！

計算したら、二十年は掛かりそうで、考えたら気が遠くなりそうになり、スーパー銭湯でいいかもと妥協する。一時間後、兄がご機嫌な様子で帰宅した。

「どこいってきたの？」

「スポーツジム。マシンが増えていて楽しかったぞ」

「へ～、よかったね。お腹空いてるでしょ、何食べたい？」

「焼肉定食を所望する」

「了解～」

リビングでＴＶを見ている兄を横目に、ホットプレートを出し準備を始める。

肉は山盛りで、私は玉ねぎとかぼちゃ、椎茸、ウインナーが欲しい。

焼き肉は用意が簡単だから助かるし、市販のタレをかけるだけで十分美味しい。

準備が終わったあとで兄を呼び、冷えたビールと私も好きな冷凍枝豆を出し、ご飯を食べた。

◇　◇　◇

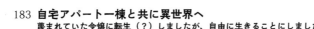

ダンジョン生活を始め半年経ち、年を重ね停滞していたレベルも上がった。

攻略は順調だったけど、男性冒険者に狙われ、何度もあとを付けられた。兄もピリピリしていたので気付いていたんだろう。私はマッピングを常に展開し、彼らを徹底的に避け続けた。

武器を使用せず倒す私たちは、魔物と交戦する時間が短い。

サクサク進んでいく私たちのあとを追いかけるのは難しかったのか、ダンジョン内ではなく冒険者ギルドで換金したところを待ち伏せされたこともある。

その時はすぐにホームへ転移して逃げた。

そんなことを何度も続けているうちに、私を狙う冒険者はいなくなったんだけど……

兄に相当負担を掛けてしまったようで、金曜日になると度々お腹を壊し、冒険者ギルドのトイレに駆け込むようになった。相当ストレスが溜まっていたんだと思い、胸が痛む。

これ以上、兄に嫌な思いをさせないよう自分の身を守るため、この世界で私も強くなるんだと決意した。

そんな私たちのステータスは今こんな感じだ。


【リーシャ・ハンフリー】

・年齢：十七歳　・性別：女

・レベル：13　・HP：672　・MP：672
・時空魔法：ホーム（レベル13）、アイテムボックス、マッピング（レベル13）、
召喚
・火魔法：ファイアーボール（レベル3）
・土魔法：アースボール（レベル3）
・水魔法：ウォーターボール（レベル3）
・風魔法：ウィンドボール（レベル3）

【椎名賢也】
・年齢：十九歳　・性別：男
・レベル：13　・HP：700　・MP：700
・光魔法：ヒール（レベル7）、ホーリー（レベル5）、ライトボール（レベル7）
・火魔法：ファイアーボール（レベル3）
・土魔法：アースボール（レベル3）
・水魔法：ウォーターボール（レベル3）
・風魔法：ウィンドボール（レベル3）

私はアパートを中心に半径十三キロ移動可能となり、属性魔法はレベル３へ上がり、ＭＰ消費は5になった。

兄はヒールがレベル7となり、ＭＰ消費は80で、ホーリーはレベル5になり、ＭＰ消費は50。

ライトボールはレベル7でＭＰ消費が25となり、属性魔法はレベル３でＭＰ消費は5らしい。

◇　◇　◇

今日も地下一階の安全地帯へ向かい、女性冒険者を治療したあとで地下二階へ進む。

お世話になった女性冒険者の皆さんに、今日から地下二階へ行くと伝えたら、すごく引き留められた。ええ、主に兄が……

ヒールを掛けまくってたからね～。

地下二階は魔物が一緒なので代わり映えしないけど、この時間に潜っている女性冒険者がいないから独占状態だ。

武器持ちリザードマンは発見後、瞬殺された。うん、兄はリザードマンが嫌いみたい。

地下二階の魔物を全滅させて安全地帯へ向かうと、ここからは配送を請け負ってるクランの人間がいるらしく、テントの数も十個くらいしかない。

クランの人と仲良くなる必要はないから、隅のほうへマジックテントをこっそり設置して、トイレ休憩し水分補給が終わったら、素早く撤収する。

地下三階も独占状態なので魔物を全滅させ、安全地帯へ向かうと、テントの数も二階と同じだった。ここでもマジックテントを設置後、トイレ休憩と水分補給が終わったら素早く撤収した。

そして地下四階、ついに新しい魔物が増えた！

今朝、ギルドの依頼が貼ってある掲示板の内容を羊皮紙に書き写したので、それに目を通してみる。


【常設依頼・C級・ダンジョン地下四階】
・ダンジョンスネーク一匹：銀貨八～十二枚（魔石と本体で討伐確認）
・コカトリス一匹：銀貨八～十二枚（魔石と本体で討伐確認）
・リザードマン一匹：銀貨七～十枚（魔石と本体で討伐確認）
・ファングボア一匹：銀貨七～十枚（魔石と本体で討伐確認）
・吸血コウモリ一匹：銀貨三枚（魔石と本体で討伐確認）
・ダンジョンネズミ一匹：銅貨二枚（魔石と本体で討伐確認）

・ファイアースライム一匹：銅貨一枚（魔石で討伐確認）
・ウォータースライム一匹：銅貨一枚（魔石で討伐確認）
・ウィンドスライム一匹：銅貨一枚（魔石で討伐確認）
・アーススライム一匹：銅貨一枚（魔石で討伐確認）

新しい魔物はダンジョンスネークとコカトリスで、ダンジョンスネークは体長五メートルあり、皮が高級素材らしく、傷が少ない状態で倒したら、銀貨十五枚で換金すると言われた。

いいのか？　報酬の上限より高くなってるけど。

解体場のおじさんに聞いたら、大抵の人は剣や槍で魔物を討伐するからどうしても傷がついてしまうとのこと。

兄はこの世界では珍しい光魔法で、ほとんど傷がない綺麗な状態で魔物を倒せるから、報酬の上限より高く買い取ってもらえるかも。

コカトリスは体長が一メートルあり、石化の魔法を使用してくる魔物だ。

肉と羽毛が高級素材らしく、もし番《つがい》の巣を見つけ、卵を採取できたら、依頼にはないけど、銀貨十枚で換金してくれるそうだ。

今朝しばらく解体場のおじさんと話していたら仲良くなった。彼の名前はサムというらしい。

◇　◇　◇

翌日。また、ダンジョンに入る。

ダンジョンスネークを見つけた。大きい！

でも兄のライトボールにより瞬殺されてしまった。

二時間後、コカトリスを発見し二人で散々迷った挙句、覚えておこうと石化の魔法を受けてみた。

一瞬、体の表面が石で覆われた気がするけど、動けるので問題はなさそうだ。

こちらも兄が瞬殺する。

やはりＭＰが多いと魔法耐性が付くのかな？

ステータスを確認してみると石化魔法を覚えていた。

これ、どうやってレベル上げしようかな？　素材を採取しなくてもよい魔物といえば、やっぱりゴブリンかぁ～。魔石も安いし今度ミリオネの森で大量討伐しよう！

地下四階の安全地帯にもテントが十個くらいあり、隅のほうにマジックテントを設置してトイレ休憩と食事をする。

ここで外に出る必要はないから、自宅でゆっくりお弁当を食べ、温かい緑茶を飲んで体を休めた。

再び探索を開始しダンジョンスネークを倒す。

今度は私の番だと張り切り、レベル３の魔法を二発撃ち無事倒す。

次のコカトリスは兄が石化の魔法を受けたあと、私が同じようにレベル３の魔法を二発撃って倒した。

本日の探索はこれで終了。

長期でダンジョンへ潜る方法を色々考えたけど、レベル上げのためにしばらく地下四階の魔物を狩り、マジックテント内で生活しているよう見せかけることにした。

マジックテントから毎日自宅へ帰るのでダンジョン泊はしない。

登録した人しかテントの中に入れないので、不在だとはバレないし、行動時間帯も違うから大丈夫だろう。

しばらくはちょっとズルをするけど、二人パーティーだから許してください。

キャンプの経験もない私たちでは、ダンジョン泊は無理だし自宅があるなら帰りますよ！

◇　◇　◇

五日後、冒険者ギルドへ換金にいった。

ダンジョンスネーク八匹で銀貨百五枚。コカトリス三十四で銀貨三百六十枚。

コカトリスの卵五個で銀貨五十枚。その他色々。

コカトリスの卵はダチョウサイズで大きく、殻に利用価値があるそうだ。

また、ダンジョンスネークは解体場のサムおじさんに大変喜ばれたけど、マジックバッグを圧迫するから、あまり狩らないようにした。

今回はコカトリスのおかげでウハウハです。

お肉も地鶏みたいで美味しいらしく親子丼か鶏鍋で食べたいから、解体場のおじさんにお願いし一匹分のお肉を銀貨五枚で引き取らせてもらった。

◇　◇　◇

土曜日の午後。教会へ炊き出しにいくと子供たちは私の前で並んで待ってくれる。

兄が恩を売りまくったおかげか、毎回炊き出しの日に二組の女性冒険者パーティーが手伝いにきてくれるから、かなりスムーズな受け渡しが可能になった。

また交換用の巾着も女性冒険者が購入し、ドライアプリコットを詰めている。十人だと作業が早いよね。

地下四階へ私たちが拠点を移したあとも手伝いをしてくれる。

私が炊き出しに行けない月曜日は子供たちへパン二個と串焼きを一本ずつ渡しているらしく、月曜日の炊き出し時には全員分行き渡らないけれど、何も食べられないということはなくなった。

私が教会で炊き出しをしていると、冒険者ギルドマスターが顔を出すようになった。白髪のいつもニコニコしているお爺ちゃんだ。

換金した魔物の状態がいいとサムおじさんから話を聞いたらしく、狩ってくる冒険者に興味が湧いたらしい。

大量のスープを作っている姿を見て、とても驚いていた。少し味見をさせてくれんかと言われスープを渡したら、気に入ったのか毎週子供たちと一緒に並んで食べにくる。

まぁ一人増えたところで子供の量が減るわけじゃないし、私をサラちゃんと呼び孫のように可愛がってくれるお爺ちゃんを無視するのも悪い。

それに冒険者ギルドマスターに逆らう人間はいないから、きっと大人たちへの牽制も兼ねているんじゃないかと思う。

「サラちゃんのスープは、今日も絶品じゃのう」

いや、単なる食いしん坊かも？　今日も子供たちと仲良く食べて帰っていった。

その後、食材の買い出しに行き、魔道具屋へ向かう。

大きなマジックバッグを二個購入した。金貨百枚は久し振りの散財だ！　でも元は取る。

◇　◇　◇

月曜日、さっさと地下四階まで下り、探索を開始する。

今週は発見した全てのダンジョンスネークを狩る予定で、もちろん、換金額が高いコカトリスも卵もいただきます。

マジックテントから自宅に行き、トイレ休憩と食事を済ませると次の探索へ向かう。

◇　◇　◇

五日後、冒険者ギルドへ換金にいった。

今回は、ダンジョンスネーク三十八匹で銀貨五百七十枚。コカトリス八十四匹で銀貨九百六十枚。

コカトリスの卵十個で銀貨百枚。その他色々。

ダンジョンの四階に潜るようになって数日が経った。

地下四階を拠点とし、日中に狩りをしているのは現在五パーティーで、地下五階からはテントが五個になり、現在地下八階で活動するクランの配送を請け負っているらしい。

地下八階の五パーティーのうち三パーティーは女性冒険者の六人組で、ダンジョン歴十年以上とのこと。残りの二パーティーは男性冒険者の六人組なので、人数比は女性のほうが多くなる。

そりゃ彼らも頭が上がらないだろう。

行きも帰りも地下一階の女性冒険者の怪我を兄が治療するのはお約束で、恩を沢山売るに越したことはない。

◇　◇　◇

三か月後。レベルが上がらなくなり、早くも拠点を地下五階へ移すことにした。兄は、どうしても自分の自宅マンションに行きたいらしい。

地下五階に潜る前にギルドで魔物の確認をする。


【常設依頼・C級・ダンジョン地下五階】

・オーク一匹：銀貨十～十二枚（魔石と本体で討伐確認）
・オークメイジ一匹：銀貨十二～十五枚（魔石と本体で討伐確認）
・ハイオーク一匹：銀貨十五～十八枚（魔石と本体で討伐確認）
・ストーンゴーレム一匹：銀貨七枚（魔石で討伐確認）
・ゴブリンメイジ一匹：銀貨一枚（魔石で討伐確認）
・ハイゴブリン一匹：銀貨一枚（魔石で討伐確認）

なぜここで出てきたゴブリンよ……石化魔法の的にしてやる！

でも魔石は捨てられない。そしてオークは、ボアより豚に近い感じなのかしら？

異世界では定番のお肉よね。


地下五階の地図を持ち、地下五階へ進み、最初に発見したのはハイゴブリンで、脳が石化したら死亡するだろうと頭だけを狙ったら倒れた。これで魔石が採れる！

やった、使うタイミングあったよ！　購入してよかった、解体ナイフ！

過去、昇格試験時に、解体ナイフを忘れたと言って怒られたのを思い出す。その後すぐに購入したけど一度も使用してなかった。

兄のほうが慣れているだろうと魔石の取り出しをお願いし、私はウォーターボールで血塗れの魔石を綺麗にした。

ゴブリンメイジはボール系の魔法を撃ってきたから、同じく石化の魔法を使用して倒す。

そしてついにオークとご対面。

あれ？　オーク……だよね？　体長三メートルの豚が、そのまま立ったような姿だけど、こちらはレベル5になった魔法を使用し瞬殺しておいた。

ハイオークは体長五メートルの立った豚で、こちらも魔法一発で瞬殺する。

オークメイジはアロー系の魔法を撃ってきたから、右の掌で受け止める。貫通しなくて助かった……

痛いのと服が破損するのはなるべく避けたい。

今回はファイアーアローだったので少しヒリヒリするけど、兄が即座に治療してくれたので痛みは一瞬で終わる。

ストーンゴーレムは体長三メートルで既に石化しているしどうしようかと思っていたら、兄がライトボールで瞬殺した。

哺乳類じゃないから魔石の位置がわからないと言われ、マッピングを使用して魔石の位置を伝える。兄はライトボールを細く出し、肉を切って魔石を取り出す。

外科医としての本領発揮か⁉　光魔法が万能すぎる。

特に問題もなく安全地帯へ到着すると、話に聞いていた通りテントは五個で、安全地帯の広さはこれまでと変わらないからとても広く感じる。

ここにはクランの配達人しかいないため誰も活動しておらず、彼らの仕事は毎日地下五階から地下四階の安全地帯へ満杯になったマジックバッグを運び、ポーション類や水や食料が入ったマジックバッグと交換して、配達するだけらしい。

そうはいっても移動する際に魔物を安全に狩る実力がないと無理だろう。

このダンジョンに今クランは全部で五つ滞在していて、それぞれの階層にそのクランのパーティーが一組ずついる。そして、荷物を一階ずつクランメンバーが運んでいくんだそうな。

マジックバッグが何個必要になるんだろう？

まぁ、毎回地下一階から地下八階を自分たちで往復するよりは効率はいいよね。

そのためクランは五十人以上必要になり、配達途中で狩った魔物はそのパーティーが換金し、配達料は拠点の階層で大きく変わるらしい。

当然、地下七階にいるパーティーが一番高く、地下一階から冒険者ギルドの間の配達を請け負うパーティーは安全なので安い。

私の場合、マッピングを使用すれば、階層の上下間も転移可能だ。

今の行動範囲からして、転移を二回すれば、ほぼ一瞬で移動が可能かも？

毎回地下一階の安全地帯で治療するから、地下一階だけは矛盾がないよう、通り過ぎる必要がある。

◇　◇　◇

五日後。冒険者ギルドへ換金に行った。

オーク八十四で銀貨九百六十枚。オークメイジ七十四で銀貨千五十枚。

ハイオーク五十四で銀貨千枚。ストーンゴレーム三十四で銀貨二百十枚。

ゴブリンメイジ百二十四で銀貨百二十枚。

ハイゴブリン八十四で銀貨八十枚。その他、色々。

ハイオークの皮は貴族が使用する羊皮紙になり、お肉は高級らしい。

今回も、私たちが狩った獲物の皮は傷がほとんどなく規格外の品質のよさとのことで、銀貨十八枚のところを銀貨二十枚で換金してもらえた。

地下五階は活動している人がいないから狩り放題だし、繁殖率？　の高いゴブリンとオークに感謝する。五日で三千万円超えか……

そりゃ地下八階を攻略しているクランは、メンバーを五十人抱えても大丈夫だわ。

使い道がないと思っていた石化魔法でゴブリンを無双するのを私は楽しんだ。

兄はその分魔石取りの仕事に追われ大変そうだったけど、哺乳類から魔石を取り出す作業は遠慮したい。

私は医療系のＴＶドラマも、手術シーンは苦手で見られないのだ。

その点、兄は外科医なので忌避感はなく、これがいわゆる、適材適所というやつだ。

新しくアロー系の魔法を覚えられたのも嬉しいし、ステータスに新しい魔法が表示されるとコンプリートしたくなるんだよね～。

もう槍は必要ないかも？　と思うけれど、魔法無効の敵がいたら大変だと思い、残しておくことにした。

◇　◇　◇

そして三か月後。レベルが上がらなくなり、兄にせかされるまま地下六階へ拠点を移す。

ゴブリンの魔石が取り出しにくいと武器屋へ注文をつけて、凄く高い解体ナイフを注文したくせにね。ミスリル製の解体ナイフなんて本当に必要なの？

剣を持ってないから渋々購入したけど、金貨一枚もしたし、男のロマンだって言われても理解できないよ！

今回も地下六階に行く前にギルドで魔物を確認。


【常設依頼・C級・ダンジョン地下六階】
・オーガ一匹：銀貨十五～十七枚（魔石と本体で討伐確認）
・オーガメイジ一匹：銀貨十八～二十枚（魔石と本体で討伐確認）
・ハイオーガ一匹：銀貨二十～二十二枚（魔石と本体で討伐確認）
・アイアンゴーレム一匹：銀貨十五枚（魔石と本体で討伐確認）
・カーバンクル一匹：銀貨二十枚（魔石で討伐確認）

ゴブリン出てこないじゃん！　ミスリル製の解体ナイフ、今度いつ使うんだよ！

初めての敵はカーバンクルで、解体場のサムおじさんから、「くれぐれも宝石部分は傷付けないように」とお願いされていた。

いつも眉間に魔法を貫通させているから心配だったんだろう。

私たちは、地図を持ち、地下六階へ向かった。

カーバンクルは見た目が可愛いからテイムしたいと思っている間に、兄が額に宝石が付いているのを見て、右耳から左耳をライトボールで貫通させ倒す。

オーガはちょっと怖い鬼系だけど、魔法を眉間に一発当てるだけで倒れた。

オーガメイジが使用するのは残念ながらボール系の魔法だったから、こちらも魔法を眉間に一発撃ち、倒す。

ハイオーガは体長が七メートルあり、身長が高過ぎて頭が天井につかえていた。

首が曲がった状態だけど大丈夫？　ダンジョンの設計を間違えてる気がする……

こちらも魔法を眉間に一発。哺乳類系の魔物は大抵これで死ぬから楽ちん。

アイアンゴーレムは鉄だけどどうするんだろうと見ていたら、兄がライトボールで頭を切り落とし、いきなり頭部が転がってきて驚いた。もうそれライトボールじゃなくなってるよ！

もはや電子サーベルと化してるんじゃない？

地下六階の五パーティーとも接触することはなかった。

◇　◇　◇

五日後、冒険者ギルドへ換金にいった。

オーガ五十四で銀貨八百五十枚。オーガメイジ四十四で銀貨八百枚。

ハイオーガ三十四で銀貨七百五十枚。アイアンゴーレム五十四で銀貨七百五十枚。

カーバンクル三十四で銀貨六百枚。その他、色々。

解体場のサムおじさんが、カーバンクルの宝石がちゃんと残っていることに感激していた。

さらにアイアンゴーレムがギロチンされていたことに驚愕し、ハイオーガの皮の状態がいいと相場より高く換金してくれた。ハイオーガの皮は高級革鎧になるようだ。

忘れていたけど、カーバンクルってサンダー系の魔法を使わなかったっけ？

宝石に気を取られすっかり抜けていたよ。

◇　◇　◇

さらに三か月後。レベルが上がらなくなり兄にせかされるまま地下七階へ拠点を移す。

そうそう、カーバンクルは雷魔法《かみなりまほう》のサンダーアローを使用したのでちゃんと覚え、これでアイアンゴーレムをギロチンしなくても倒せるようになったよ！

今回も地下七階に行く前にギルドで魔物を確認。

【常設依頼・C級・ダンジョン地下七階】
・ミノタウロス一匹：銀貨二十～二十二枚（魔石と本体で討伐確認）
・オーガナイト一匹：金貨十二枚（魔石と剣と盾と本体で討伐確認）
・メタルスライム一匹：金貨一枚（魔石と本体で討伐確認）
・ミスリルゴーレム一匹：金貨五十枚（魔石と本体で討伐確認）
・ガーゴイル一匹：銀貨五枚（魔石で討伐確認）

メタルスライムはスライムにしては換金額が高い。でも金属系ならサンダーアローを撃てば一発だし、メタルスライムは非常に特殊な金属が取れるらしい。


地図を持ち地下七階へ向かった。

ミノタウロスは哺乳類系だから眉間に魔法を一発撃って倒す。お肉は高級和牛並みか気になった。

オーガナイトも眉間に魔法一発で倒れる。

なぜか最初から剣と盾を持ち出現し、オーガナイトの武器・防具は高く売れるそうだ。

ミスリルゴーレムは金属系なのでサンダーアロー一発でいい。

武器屋の店主がミスリル製の解体ナイフを注文した際、もしこれからミスリルゴーレムを倒すことがあれば、一体横流ししてくれと泣きながらすがってきた。

こちらも無理を聞いてもらった件もあり了解しておいた。

ミスリル製の解体ナイフを依頼した際、製作したことがないからと一度断られたが、兄が粘ると、作ってくれたからね。買ってから、出番が全くないけど……

この店は兄のお気に入りで、ゴブリンを無双していた時は、よく無料で解体ナイフを研ぎ直してもらってたよ。

ガーゴイルは兄がライトボールでギロチンし、魔石の場所はマッピングで教え、取り出してもらう。

◇　◇　◇

五日後、冒険者ギルドへ換金にいった。

ミノタウロス五十匹で銀貨千百枚。オーガナイト四十匹で金貨四百八十枚。

メタルスライム三十匹で金貨三十枚。ミスリルゴーレム二十九匹で金貨千四百五十枚。

ガーゴイルの三十匹で銀貨百五十枚。その他、色々。

サムおじさんが言うには、魔物の出現回数は決まっているらしい。

魔法を使用し怪我もせず瞬殺するため、魔物の強さがさっぱりわからない。

地下一階の魔物も地下七階の魔物も、私には倒す手間が同じだったから……

武器屋の店主へ、約束通りミスリルゴーレムを一体横流ししたら、「自分が死ぬまで武器やナイフの研ぎ直し料は無料にさせていただきます」と言われた。

微妙な特典に顔が引き攣った。いや、私たちは武器を使用しないけど……

普通に割引してくれたらいいのよ？　もうしばらくゴブリンは出てこないと思うし。

◇　◇　◇

さらに三か月後。レベルが上がらなくなり、兄にせかされるまま地下八階へ拠点を移した。

ダンジョンに潜り続けて一年半となった。

私たちの現在のステータスはこんな感じだ。


【リーシャ・ハンフリー】
・年齢：十八歳　　・性別：女

・レベル：20　・HP：1008　・MP：1008
・時空魔法：ホーム（レベル20）、アイテムボックス、マッピング（レベル20）、
　召喚
・火魔法：ファイアーボール（レベル8）
・土魔法：アースボール（レベル8）
・水魔法：ウォーターボール（レベル8）
・風魔法：ウィンドボール（レベル8）
・石化魔法：石化（レベル3）
・雷魔法：サンダーアロー（レベル5）

【椎名賢也】
・年齢：二十歳　・性別：男
・レベル：20　・HP：1050　・MP：1050
・光魔法：ヒール（レベル9）、ホーリー（レベル7）、ライトボール（レベル9）
・火魔法：ファイアーボール（レベル8）、ファイアーアロー（レベル5）
・土魔法：アースボール（レベル8）

・水魔法：ウォーターボール（レベル8）
・風魔法：ウィンドボール（レベル8）
・石化魔法：石化（レベル3）
・雷魔法：サンダーアロー（レベル5）

ダンジョンに潜り続けたおかげで、かなりレベルが上がったし、使える魔法も多くなった。

よし！　この調子でどんどん潜り続けて、さらに強くなるぞ！

例に漏れず、地下八階に潜る前に、魔物の確認をする。


【常設依頼・C級・ダンジョン地下八階】
・ゾンビ一匹：銀貨五枚（魔石で討伐確認）
・グール一匹：銀貨五枚（魔石で討伐確認）
・スケルトン一匹：銀貨五枚（魔石で討伐確認）
・ゴースト一匹：銀貨五枚（魔石で討伐確認）
・リビングアーマー一匹：金貨五枚（魔石で討伐確認）
・リッチ一匹：金貨五枚（魔石と杖で討伐確認）

・オリハルコンゴーレム一匹：金貨二百枚（魔石と本体で討伐確認）

うげっ、アンデッドとはあまり戦いたくない……

討伐するならオリハルコンゴーレム一択じゃん。


地図を持ち、地下八階へ移動した。

ついに最深攻略組と合流するので、少し緊張。

「お兄ちゃん、任せた！」

「任された！」

兄は出現するアンデッドを相手取り、楽しそうにホーリーで無双している。成仏してください。

私は魔石と杖と金属鎧を回収する係となり、ゾンビやグールは臭いも強烈だったため、兄を先頭にしながら少し離れた場所で待機する。

兄がホーリーを掛けると魔物たちは魔石だけを残し消え、腐敗臭もなくなるので、安心し魔石を回収できた。

リッチはマントと杖と魔石を残して消えるんだけど、常設依頼にマントはない。

一体ずつマントの色が違うし生地もいいものだったから、何かに使えるかもしれないとアイテムボックスへ収納しておいた。

ダンジョン内を歩いているとリッチのマントが幾つか落ちているのは、常設依頼にないから冒険者たちは魔物を倒しても持ち帰らないせいだろう。

そして待望のオリハルコンゴーレムは、サンダーアローを撃つと一発で倒れる。

これ一体で金貨二百枚だ！

毎回宝くじに当たるようなものなので、私のマッピングをフル活用し、出現しているオリハルコンゴーレムは全ていただきよ！　あなたがいなければ、地下八階にくる意味がなかったわ。

安全地帯に到着すると、情報通りテントが五個あった。

ここの女性冒険者たちと仲良くなれるといいなと思いながら、新参者らしく隅のほうへマジックテントを設置した。

現在午後十時で、冒険者たちが活動している様子はない。日中は魔物の取り合いになりそうだから、今日はいつも通り夜に探索しておこう。

オリハルコンゴーレム、沢山出てきてちょうだい！

兄のホーリーで跡形もなくなるアンデッドたちを横目に、私はオリハルコンゴーレムを必死に探し続け、翌朝五時に自宅へ帰宅した。

お昼過ぎに起きてから兄と今後の活動時間について話し合い、地下一階のような魔物の取り合いは避けたいという私の希望で、今後も昼夜逆転生活を続けることになった。

地下九階以降になれば、誰もいないから元の生活時間に戻してもいいんだけどね。

地下十階にはドラゴンとかいそうだし、兄のライトボールでギロチン確実で高価買い取りも夢じゃない！　でもマジックバッグじゃ入らないかも？

女性冒険者とは話をしてみたかったけど、時間が合わず残念だ。

そんなに早く寝ないだろうから、もしかして夜九時には会えるかも？

よし！　兄に頑張ってもらわなきゃいけないし、気合いを入れて今日の夕食はカツ丼にしよう。


夜九時。マジックテントの中へ転移し、マッピングで外の様子をうかがうと、まだ安全地帯にいる人が見えた。

二人でテントの外に出た瞬間、一斉に注目を浴びる。

「初めまして皆様。今日からここでお世話になります。サラと申します」

「賢也です」

最初が肝心と、先輩冒険者の皆様へ頭を下げて挨拶をする。

「ああ、よろしくな。ちょっと待っててくれ、他のメンバーを呼んでくるから」

「はい、お待ちしております」

すると、次々にテントから人が出てきて三十名が勢揃いだ。

「あ～いきなり全員を紹介しても覚えられないだろうから、各クランのリーダーだけ挨拶させてもらうわ。まずは俺から、カインだ」

「アーサーだ」

「エリザベスよ」

「マリアよ」

「イブよ」

各クランのリーダーが自己紹介してくれた。

なんだか皆どこかで聞いたことがあるような名前だ。

「いや～、朝起きたら知らないテントがあって驚いた」

「すげ～噂になってた、超大型ルーキーの二人組だよな」

「いつか来るとは思ってたけど、意外と早く来たわね」

「それにしても、まだ子供じゃん」

リーダーたちが次々に言う。

いや、そんなに一遍に言われたら、返事しづらいわ！　超大型ルーキーとか知らないし。

それにしても皆背が高いよ〜、カインさんとアーサーさんなんて、二メートルくらいあるんじゃないの？

女性三人も百八十センチはありそうで首が痛い。

兄もあれから少し伸びて、百八十五センチあるし、見た目だけだと大人と子供ね。

「まずは、ご挨拶代わりにお納めください」

私は引越時の定番である日本製タオルを全員へ配った。品質に驚くがいい！

この世界初のタオルで手拭いではありません。

「何これ？　ふわふわなんですけど〜」

エリザベスさんが言う。

女性陣に大受けで、残念ながら男性陣にはよさが伝わらなかったらしい……

大丈夫！　ここは女性の心を掴むのが一番重要だから。

「私たちは夜が活動時間なので、皆様とお会いする機会があまりないかもしれませんが、よろしくお願いします」

「女性冒険者あるあるだね。全く、他の男どもは何考えてるんだか」

「まっ、仲良くやっていこうや」

男性二人がにこやかに言う。この人たちは悪い人ではなさそうだ。

「はい、それでは私たちは探索にいきます」

「「「「いってらっしゃい～」」」」

よし！　無事に初顔合わせが終了したので探索を開始しよう。

私は落ちている魔石と杖と金属鎧を回収する係なので、頑張るのは兄だ。

「お兄ちゃん。私たち、超大型ルーキーらしいよ。リザードマンの革鎧と鋼製の槍じゃ、笑われるかも？」

「俺も鋼製の盾しかない。しかも沙良が魔法を覚えてから手に持ったことさえないぞ」

「まっいいか。魔法使いだし、リッチの杖を使用したら、威力が上がったりするかな？」

「さぁ？　俺は杖なんか持っても、邪魔になるだけだと思うけどな」

「じゃあいらないか。で、リッチは確か魔法を使わなかったっけ？」

「あっ」

一瞬、やべっとした顔を見せた兄は言った。

「今度、会ったら受けておく」

「お願いね～」

結局リッチは使用する魔法が一体ずつ違うため、兄が全ての魔法を受けたけど、今日の探索では何も覚えられなかった。ボール系は、もう間にあってます。

三時間後、安全地帯へ戻った時は既に全員が寝ていた。

「思ったんだけど、リッチはHPがなくならないと、ドレインを使用しないんじゃないかな?」

ダンジョンにいた女性冒険者が、リッチは闇魔法《やみまほう》のドレインを使うと以前教えてくれたのだ。

「おお、そうかも! ホーリーくらいにしておくか」

そうして朝五時には探索終了し、闇魔法のドレインを二人とも覚えた。

◇　◇　◇

「こんばんは。これから探索にいってきますね」

「気をつけてな〜」

翌日の夜九時。安全地帯にはまだ人が残っていたので挨拶し、カインさんに見送られ探索を開始する。

この階層のアンデッドは兄が担当、ゴーレムは私が担当し、かなり楽で身の危険を全く感じないから散歩をしているのと変わらない。魔石の回収に、サンダーアローを撃つだけでやることがないから暇だ。

◇　◇　◇

地下八階に来てから五日後、ギルドに行くため、帰る支度をする。

「週休二日制で活動しているため帰ります」

「往復時間がもったいないよ！」

地下八階の皆様にそう言ったら、リーダーに驚かれたよ。

ついでにクランリーダーへ毎日何を配達してるのか聞いてみる。

「地下八階の獲物と毎日一体狩るオリハルコンゴーレムを入れたマジックバッグを持たせ、ポーション類や水や食料が入ったものと交換しているんだよ」

う～ん、効率がいいのか悪いのか。

「毎週土曜日、教会で子供たちへ炊き出しをしているからよければ支援をお願いします」

女性冒険者たちへ頼んでおいた。

挨拶が済み、冒険者ギルドへ換金に行く。

ゾンビ百匹で銀貨五百枚。グール百匹で銀貨五百枚。

スケルトン百匹で銀貨五百枚。ゴースト百匹で銀貨五百枚。

リビングアーマが五十四で金貨二百枚。リッチ三十四で金貨百五十枚。オリハルコンゴーレム二十四匹で金貨四千八百枚。その他色々。

兄は換金しなかったオリハルコンゴーレムを武器屋の店主に見せ、解体ナイフに必要な量を切り出しオリハルコン製の解体ナイフを注文していた。

いや本当に、いつ使うんだよ！　ゴブリン、もう当分出てこないってば！

男のロマンは、お腹いっぱいです。次はアダマンタイトとか言ってるんじゃないわよ！

ヒヒイロカネもいらないから！

◇　◇　◇

土曜日の午後、教会へ炊き出しにいき、美味しそうにご飯を食べている子供たちを眺めた。

子供たちは大分、体付きがよくなっており巾着袋には、常にドライアプリコットが入っている状態だ。

毎週二食だけど、お腹いっぱい食べられるようになり、しかも見かけるたびに誰かが露店のパンや串焼きを渡してくれるから、何も食べられない日はなくなったらしい。

よく見ると服装も以前より綺麗なので古着の支援もあったようだし、そろそろ家を買ってあげたい！

この家というのが非常に重要で、雨や寒さを凌げるだけで心の持ちようが大きく変わる。

たとえ空腹でも横になり眠れるのは安心感がまるで違う。軒下で体を寄せ合いながら寝ることでは得られない確かな睡眠の質を持てる。

路上で生活するのは、常に危険に晒され、不安がつき纏う。

子供たちに守るべき財産などないけれど、少なくとも家に住めば外敵からは身を守れるし、噂に聞いた奴隷商との接触を防ぐなら家に住むのが一番効果的だと思う。

そして自分の家がないと、他人との違いを残酷に突き付けられる。

幼少期にその違いを自覚しながら生きていくのはとても辛いし、それだけで人生のスタート地点がかなり下がってしまう。

ミリオネの町で家を与えた子供たちが劇的に変化したのは、心に余裕が生まれたからだと思う。

今日、明日を、どう生きていけばいいのかわからず不安だった毎日から、私との約束を守るというはっきりとした目標ができたことで頑張ったのだ。

何もしないままの状態だったら、子供たちはあれほどいきいきとしていなかっただろう。

朝起きてから眠るまで、私が出した約束は多岐にわたる。

子供たちが朝一番にするのは、共同の井戸から水を汲み家にある水瓶を満たし、顔を洗い髪を櫛でとかし、布団を畳み朝食の支度をすること。

町の人たちあるいは冒険者の大人たちから提供された食材を洗い、皮を剥いて切り、薪に火をつけ料理をすること。

食事時には手を合わせ感謝の気持ちを言葉にし、食後は食器を洗い、煮沸消毒した綺麗な手拭いで拭き、食器棚の元の位置に戻すこと。

十歳以下の冒険者登録ができない子供たちは、水で濡らした手拭いで家中を毎日水拭きし、天気のいい日は服や下着を洗濯して庭で干すこと。

布団は一週間に一度、低い位置へ設置した紐に渡し掛け、教会の鐘の音に合わせ二時間毎に裏返し棒で叩き、昼食時も朝と同様に食事の用意をして食後は後片付けをすること。

干した服や下着が乾いたら畳むこと。

帰宅後は靴を脱いで足を拭き、靴を履いたまま家の中に入らず、手を洗いうがいをすること。

夕食時も朝食と同様に食事の用意をして食後は後片付けをし、寝る前には濡らした手拭いで体を拭き、洗濯済みの服と下着に着替え歯磨きをすること。

それら全ての日課に対し、年上の子はまだ自分で上手くできない年下の子を手助けしてあげること。

ちゃんと約束が守られているかどうか、確認するから決してズルをしないこと。

約束が守られていたら、私が美味しい料理を作りにいくのだ。

一日中何もすることがなかった子供たちは、多くのしなければいけない約束事で毎日忙しくなった。

年長者は年下の子供の面倒をみることで責任感が養われ、年少者は自分たちがしてもらったことを覚え、時が経てば自然に自分たちより年下の子供の面倒をみるようになる。

一緒に住む仲間たちと約束を守ることで連帯感が生まれ、自然と助け合いの精神が育まれるだろう。

まぁそこは多少、美味しい料理をご褒美にしたのもあるけれど……

これをしなさい、あれをしなさいと、言われるばかりでは息切れを起こしてしまうので成果には対価が必要だ。

さらに自分たちができることが増えていくのは、自信や自立に繋がる。

本来ならば親や兄弟もしくは孤児院のシスターに教えてもらうはずだったことを、子供たちは自分で覚えていかなければならない。

否応なしに突然家族と切り離され、路上での生活を強いられた子供たちの心はすり切れているだろう。

そういった意味で家に他の人と住むのが非常に重要になるため、早く家を与えてあげたいのだ。

ダンジョン深層の攻略組となった私たちに、もう何かを仕掛ける人はいないと思う。

気になっていた奴隷商も手を出してくることはない。

炊き出しをしたおかげで町の知り合いが増え、これだけ有名になった私たちに、簡単には手を出せないだろう。

一軒家の購入を兄と相談して、必要なものの準備を進めよう。

◇　◇　◇

翌週の探索期間中、地下八階で怪我をした男性冒険者が取り囲まれていた。

アーサーさんのパーティー仲間で、どうやらスケルトンが持つボロボロの剣で切られたらしく左足を酷く損傷している。かなり出血しているから太い血管が切れているのかもしれない。

怪我をした男性は真っ青な顔をして歯を食いしばっているけど、エクスポーションでは治らないのかアーサーさんの表情は硬い。

このまま帰還して今回の探索を終えると高額治療費と往復時間の損害が大きいのだと思う。

兄は周りの人をかき分け怪我人に近付くと、手早く傷口を確認し太ももをマジックバッグから取り出した紐で固く縛り、「我慢しろ」と言って、ウォーターボールで傷口を洗い流す。

ヒールを掛けたあと、元の状態に戻った太ももを見て全員が唖然としていた。

「助かった！　今回の探索は諦め帰還しようと思っていたところだったんだ。皆で礼を言わせてもらおうっ！」

「ありがとうっ！」

アーサーさんのパーティーメンバー全員にお礼を言われ、深く頭を下げられた兄は淡々と縛っていた紐を解いた。

「いや、治療が間に合ってよかった」

怪我をした男性は、お礼がしたいと兄をテントへ連れていった。

兄の指を刺して、侵入者防止結界の魔石に血液を登録しているけど、あとで登録解除ってできるのかしら？

何故かパーティーメンバーは私を見ながら頷いている。

しばらくすると悲鳴が聞こえ、兄が憔悴した様子でテントから出てきた。

「お兄ちゃん？」

「テントの中で話す」

話を聞くと、お金を受け取らなかったら好意があると勘違いされて、デートに誘われたらしい。

兄は仕方なくお金をもらったそうだ……ご愁傷様です。

テントから出て、アーサーさんにこれは普通なのか聞いてみると、この世界では同性間の恋愛は珍しくないとのこと。異世界は妙なところで柔軟性があるみたいだ。

この世界では、治療に必要なポーションの値段よりも高額な治療代を支払うのが基本というのは地下一階でも聞いた。今回の怪我は、エリクサーで治療するレベルなのでかなり高額になる。

エリクサーは王都にしか売っていないらしく、しかも貴族じゃないと購入できないから、庶民は大怪我を負った時は教会や治療院に金貨一枚を支払い、治療するのが普通だそうだ。

いや、浅い階層ならそれでいいけど、深い階層で怪我をしたら帰還する間に出血多量で死ぬから！

まあ、だから路上生活をしている子供が多くなるんだろうな。

兄の恋愛対象は女性だ。変な誤解をされないよう、今回はありがたく金貨を頂戴した。

こんなところに身分制度の弊害があるなんて……日本との違いを実感した。

貴族はやはり優遇されているんだろう。今のところ、関わるつもりはないけど、勘違いした面倒くさい人が多そうで正直めんどくさい。

身分を盾に高圧的な態度を取られたら、私は問答無用で喧嘩を売る自信がある。

身分制度のない日本で育ったから、地位に相応しい人間でないと敬う必要性を感じない。

◇　◇　◇

最近は探索をして、休みの日には炊き出しする日々を過ごしている。

冒険者ギルド所有の中古物件を聞いてみると一番安い物で金貨五枚からあり、ミリオネの町より少し高いけど、家十軒と必要になる生活用品を少しずつ買い揃えていった。

そして一か月かけて、路上生活をしている子供たち全員が入れる環境が整った。

子供布団百枚とか店に置いてないから、不足分を注文し取り寄せたりと時間が掛かったのよ。

「ここが今日からあなたたちの住む家です。お姉ちゃんとの約束を守りながら綺麗に使ってね！」

子供たちを引き連れ一軒、一軒、案内していくと、家を見た瞬間に子供たちは玄関まで走り出した。住める家ができたことが嬉しいのか、皆笑顔だ。

「お姉ちゃん、ありがとう！　僕、頑張って家をピカピカにするね～」

「お家に住めるなんて夢みたい！　料理の仕方を教えてくれてありがとう。私、毎日皆のために、ご飯を作ってあげるよ！」

子供たちが次々に言う。

それでも冒険者になるまで生活手段がない子供たちには、まだ多くの支援が必要だ。

こうして、リースナーの町から路上生活をしている子供たちはいなくなった。

なんとなく、ダンジョンで出会った五人のクランリーダーの名前を借りて、『アーサーの家』、『カインの家』、『エリザベスの家』、『イブの家』、『マリアの家』と呼ぶことにした。

今ではそれぞれのパーティーも支援しているらしく、子供たちは冒険者たちにもらった食材を使い、自分たちで料理を作っているから、もう炊き出しに並ばない。

それぞれのクランのリーダーたちは、顔見知りになった子供たちの世話を焼き、一緒に料理をしているようだ。

そうそう、カインさんとアーサーさんに奴隷商と繋がっている人がいるらしいと話したら、「俺たちも奴隷商には手を焼いていたんだ。一度しっかり調査しないとな」と息巻いていた。

その内犯人は特定されるだろう。

◇　◇　◇

そして二か月後、レベルが上がらなくなり、兄にせかされるままダンジョンの地下九階へ拠点を移す。

最深部攻略組とは攻略している時間帯が合わず、少しだけしか交流を持てなかったけど、怪我の治療をしたせいか、移ることを伝えると非常に残念がられた。特に兄がね！

兄はハーフの父に似て日本人とは違う容姿をしているから、日本人特有の童顔ではなく、切れ長の目に少し冷たい感じのする綺麗な顔立ちだ。

アーサーさんは同性間の恋愛が自由って言ってたけど、兄の顔立ちはこっちの世界だと男性ウケがいいのかな？　当の本人は迷惑そうだし、すごく嫌がっていたけど……

兄の親友だった旭《あさひ》は対照的に童顔で、どちらかというと可愛らしい感じの容姿をしていた。

もしこの世界にいれば、旭も男性から非常にモテただろうなぁ。

久しぶりに、前の世界のことを思い出してしまった。随分この世界にも慣れてきたなぁ～。

今回も地下九階層に行く前に魔物の確認をする。


【常設依頼・C級・ダンジョン地下九階】
・ケンタウロス一匹：金貨十枚（魔石と槍と本体で討伐確認）
・ユニコーン一匹：金貨二十枚（魔石と本体で討伐確認）
・バイコーン一匹：金貨二十枚（魔石と本体で討伐確認）
・バジリスク一匹：金貨十～十三枚（魔石と本体で討伐確認）

地図を持ち、地下九階へ向かった。

ケンタウロスが槍を持ち突進してくる、眉間に魔法を一発くらわせて倒す。

ユニコーン、バイコーン、バジリスクも、次々に倒す。

いずれの魔物も魔法で一発で倒すことができた。購入したマジックバッグが活躍するわ！

◇　◇　◇

五日後、冒険者ギルドへ換金にいった。

ケンタウロス五十四で金貨五百枚、ユニコーン五十四で金貨千枚。

バイコーン五十四で金貨千枚、バジリスク五十四で金貨七百五十枚、その他色々。

今回も高く売れた。

解体場のサムおじさんは、バジリスクの皮を相場より高く換金してくれた。

石化耐性が付く革鎧になるらしい。サムおじさんは大満足だ。

◇　◇　◇

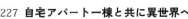

そして三か月後、レベルが上がらなくなり、兄にせかされるまま地下十階へ拠点を移す。

気が付けばダンジョンに潜り続けて二年が経過し、異世界生活も六年半となった。

私と兄のステータスもかなり上がった。


【リーシャ・ハンフリー】

・年齢：十八歳　・性別：女
・レベル：25　・HP：1248　・MP：1248
・時空魔法：ホーム（レベル25）、アイテムボックス、マッピング（レベル25）、召喚
・火魔法：ファイアーボール（レベル9）、ファイアーアロー（レベル5）
・土魔法：アースボール（レベル9）
・水魔法：ウォーターボール（レベル9）
・風魔法：ウィンドボール（レベル9）
・石化魔法：石化（レベル3）
・雷魔法：サンダーアロー（レベル8）
・闇魔法：ドレイン（レベル0）

【椎名賢也】

・年齢：二十歳　・性別：男

・レベル：25　・HP：1300　・MP：1300

・光魔法：ヒール（レベル9）、ホーリー（レベル9）、ライトボール（レベル9）

・火魔法：ファイアーボール（レベル9）、ファイアーアロー（レベル8）

・土魔法：アースボール（レベル9）

・水魔法：ウォーターボール（レベル9）

・風魔法：ウィンドボール（レベル9）

・石化魔法：石化（レベル3）

・雷魔法：サンダーアロー（レベル7）

・闇魔法：ドレイン（レベル0）

私はホームを中心に半径二十五キロ移動可能となり、各魔法のレベルが上がった。

兄の魔法も順調に上がっているけど、ドレインのレベルを上げるためには、自分が怪我をする必要があるので上げられなかったと言っていた。

地下十階の地図はなく、深層を探検しているクランのリーダーたちに聞いたが、知らないらしい。

常設依頼もないため、誰も攻略した人がいないのか……

今日はダンジョンの最深層を攻略するので、朝から、ドキドキ、わくわく、ソワソワしていた。

だって、ダンジョンボスといえば定番の魔物——ドラゴンを初めて見られるかもしれないのよ！

異世界に来たら、一番見てみたい魔物ナンバー1だ！

ちなみにナンバー2はペガサスとグリフォンで、ナンバー3はフェニックスとフェンリル。

もしドラゴンをテイムできたら、竜騎士のように空を飛んでみたい！

あぁ、夢が広がるなぁ〜。

きっと換金額も相当高いだろう。

もし勝てそうになかったら即座にマッピングで撤退すればいい。

でも、兄なら電子サーベルと化したライトボールで瞬殺できるに違いない。

さて、地下十階は待望のドラゴンか!?

十階層へと続く階段を降りてみると、そこには——

はぁ？

私の幼馴染み、かつ兄の親友である旭尚人《あさひなおと》がいた！

もう驚きすぎて開いた口が塞がらない。

兄の様子をうかがうと、まるで幽霊を見たかのように後退《あとずさ》りして、顔面蒼白だ。

それもそのはず。だって旭は四十五歳の時に突然死したんだから……

医者の不養生とは、まさにこのことかと、当時の私は思ったものだ。

同僚だった兄が倒れている旭を見つけ、必死に蘇生させようとした。

しかし、その努力も虚しく、そのまま帰らぬ人となったはずだった。

その死んだ人間が、ダンジョンの最終階層にいるなんて、一体誰が想像できる？

親友との予期せぬ再会に、兄は茫然としているだけだ。

「旭じゃん！」

私がいち早く我に返って名前を呼ぶ。

「お前、なんでこんなところにいるんだよ！」

私の声でようやく我に返った兄が旭に近付き、少々乱暴な勢いで迫る。

そして、胸倉を強く掴び叫んだ！

普段、冷静な兄がここまで取り乱すのは滅多にないから、それほど大きな衝撃を受けたのだろう。

私だって目の前にいる旭本人を見てもまだ信じられないくらいだし、直接腕の中で看取った兄は、それ以上に混乱しているのかもしれない。

「え？　この女の子は誰っ？　……てか、なんか凄く若くなってるけど、その声は賢也……だよね？」

若い姿の兄からいきなり詰め寄られ、旭が困惑した様子で首を傾げる。

私たちもそりゃあもう驚いたけれど、旭のほうも異世界のダンジョン内でなぜか若い姿になっている兄と、誰だかわからない私を見て唖然とするだろう。

何が起きているのかわけがわからず、私たち三人はお互い無言になってしまった……

私は旭に今の状況をわからせる一番手っ取り早い方法を選択し、アイテムボックスから例の封筒を二つ取り出して渡すことにした。

旭は手渡された封筒を怪訝な表情で受け取ると、問いかけるように兄へ視線を送り、兄は無言で頷いていた。

それを見て旭は決心したように、急いで封筒を開け中身を取り出すと読み始めた。

読み終わった旭は目を閉じ、そっと溜息を吐いた。

「あ〜、大体事情は把握したけど……二人とも若くなりすぎ！　しかも、沙良ちゃんにいたっては別人だからびっくりしたよ！　外国人みたいに見えるよ〜」

「お前こそ、どうなってるんだ？　俺は葬式にも参加したんだぞ！」

「うん、これ読んでみて？」

兄がそう言って旭から渡された封筒は、見覚えがあり、『詫び状』と書かれている。

なんだか非常に嫌な予感がする……

封筒を開け、兄と一緒に読んでみた。


とても困ったことになっている貴方へ。


私がすべての元凶です。

まず、いま貴方がいる世界は地球ではありません。

科学の代わりに、剣と魔法が栄えた、ファンタジーの世界です。

そしてとても残念ですが旭尚人様は、四十五歳でお亡くなりになりました。

貴方は現在、カルドサリ王国のハンフリー公爵領にある、リースナー町のダンジョンのダンジョンマスターです。

ダンジョンから離れることはできません。

この責任を取り、できうる限りの保障をさせていただきました。

左記に旭尚人様の能力を記載いたしますので、ご確認ください。

【旭尚人様の能力】

※保障として左記の魔法を授けます。

●アイテムボックス（時空魔法）

・容量は無限です。

・入れたものの時間を停止させることができます。

●召喚（時空魔法）

・ダンジョン内に限り新たなモンスターを三個体、呼び出せます。

●ヒール（光魔法）

・怪我を治すことができます。病気を治すことはできません。

●ホーリー（光魔法）

・ＨＰを回復したり、アンデッド系の魔物を攻撃したりすることができます。

●ライトボール（光魔法）
・攻撃魔法です。照明代わりにもなります。

まずは《ステータス》と唱え、能力を確認することをおすすめします。

なお貴方は現在食事が不要となっており、年を取りませんが、不死ではないため、ご注意ください。

最後に、このような不幸な目に遭わせてしまいましたが、これからの貴方の人生が幸多からんことを、お祈り申し上げます。


「まじかっ⁉　これ沙良の時より酷いじゃないか！　ここから出られないって本当か？」

「あぁ。何度か試してみたけど無理だった。このダンジョンに十一年間、閉じ込められてる状態だよ」

「でも、会えてよかった……奮発した香典返せ、このヤロー！」

そんな冗談を言えるくらい、兄の心情も回復したようだ。

旭を見ながら、とても嬉しそうに笑っている。

「やっぱり俺、死んだことになってるんだ……香典は直接受け取ったわけじゃないから返せません。

それより二人が元気そうでよかったよ」

「何してたんだ？　今まで」

旭と兄は、お互いの近況について語ろうとしている。

広い空間に立っているのもなんなので、私はアイテムボックスから四人掛けの椅子とテーブルを出し、自宅に戻りコーヒーを淹れ帰ってきた。

三人分のコーヒーと、旭が好きだったモンブランをアイテムボックスから取り出す。

十一年振りのモンブランに、旭が泣きそうな顔をする。

ずっと食べたかったのだと思い、もう一個出してあげた。味覚はあるのか……

話を聞くと、旭は死なないため、このダンジョンでレベル上げをしていたのだが、25まで上げたあと、それ以上は上がらなくなったので、のんびりと過ごしていたらしい。

地下十階にはマジックテントが設置され、その周辺には洗濯物や洗い桶、簡易テーブルや椅子が乱雑に置かれている。

ここでたった独り十一年間も過ごしてきたのだと思うと同情を禁じ得ないし、私だったら鬱になってしまうだろう。

死んだ冒険者のものを拾い、テントをこの空間の中に張って、服や下着なんかはウォーターボールで水を出し洗濯をして、体も洗っていたみたい。

そう思うと、自分は最初こそ虐待を受けて納屋に監禁されていたけど、早々に公爵邸を抜け出し冒険者となることができた。それに、兄を問答無用で召喚したから、心細くもなかったなぁ……

旭の境遇はかなり悲惨だと思うから、これはちょっと優しくしてあげないとダメだろう。

ちなみに旭が召喚したモンスターは、ハイオーガとメタルスライムとオリハルコンゴーレムらしい。

うんハイオーガは、頭が天井こすってて可哀想だったよ。

メタルスライムは、見た目が可愛いね。

オリハルコンゴーレムは、本当にありがとうございます！　かなり稼がせていただきました。

そして地下八階にオリハルコンゴーレムを呼び出したので、ここ地下十階には十一年間、誰もこなかったそうだ。私たちもこの数年間どんな風に過ごしてきたかを話し、二時間くらい経ってから、私はあることを確認することにした。

「旭さぁ。ダンジョンマスターって何かする必要ある？」

「いや？　ダンジョンマスターの仕事は何もないよ」

「じゃあ外に出たいよね？」

「そりゃもちろん出たいよ！　俺十一年間、ここでずっと独りだもん」

「わかった。召喚！　旭尚人」

「へっ？」

旭の体が光り、それが消える頃には、二十歳当時の姿へ変わっていた。

「やっぱり～。こうなると思ったんだよね。はい、これ姿見ね」

私がアイテムボックスから取り出した姿見の前で、旭が鏡に映った自分の姿を見て驚いている。

そして、テーブルの下には見慣れた封筒が落ちていた。

封筒には『召喚された方へ』と書かれている。

椎名沙良様に召喚された方へ

私がすべての元凶です。

まず、いま貴方がいる世界は地球ではありません。

科学の代わりに、剣と魔法が栄えた、ファンタジーの世界です。

旭尚人様は、私が椎名沙良様に与えた能力――『召喚』によって、この世界に呼び出されました。

年齢は椎名沙良様もとい、リーシャ様に合わせて、設定させていただきました。

貴方にはこれからこの世界で生きていただきます。

この責任を取り、できうる限りの保障をさせていただきました。
また、貴方の能力を変更いたしました。
なお既に覚えた能力は、そのままとさせていただきます。
左記に旭尚人様の能力を記載いたしますので、ご確認ください。

【旭尚人様の能力】

※慰謝料として左記の魔法を授けます。

●アイテムボックス（時空魔法）
・容量は無限です。
・入れたものの時間を停止させることができます。

●ヒール（光魔法）
・怪我を治すことができます。病気を治すことはできません。

●ホーリー（光魔法）

・ＨＰを回復したり、アンデッド系の魔物を攻撃したりすることができます。

●ライトボール（光魔法）
・攻撃魔法です。照明代わりにもなります。

まずは《ステータス》と唱え、能力を確認することをおすすめします。

最後に、このような不幸な目に遭わせてしまいましたが、これからの貴方の人生が幸多からんことを、お祈り申し上げます。


「とりあえずステータス確認してみれば？」

「本当っ？　ステータスっと」

私が言うと、旭が現在のステータスを確認した。

そして、私たちに話してくれた。


【旭尚人】
・年齢：二十歳　　・性別：男

・レベル：25　・HP：1170　・MP：1170
・時空魔法：アイテムボックス
・光魔法：ヒール（レベル2）、ホーリー（レベル10）、ライトボール（レベル10）
・火魔法：ファイアーボール（レベル10）、ファイアーアロー（レベル10）
・土魔法：アースボール（レベル10）
・水魔法：ウォーターボール（レベル10）
・風魔法：ウィンドボール（レベル10）
・石化魔法：石化（レベル10）
・雷魔法：サンダーアロー（レベル10）
・闇魔法：ドレイン（レベル0）

十一年間独りだったせいか、ヒールはレベル2で、またドレインも同じ理由でレベルが低いのだろう。

魔法はレベル10が上限なのかな？

それとも、まだ倒した魔物のレベルが足りず、上がらないのかもしれない。

ステータスは把握できたけど、兄と旭がまたしても話し出してしまった。

トイレ行きたいのに……

「そろそろ、大丈夫かな？　ドラゴンもいないし、自宅へ帰りたいんだけど」

私がそう言うと、思いっきり二人に睨まれてしまった。

感動の再会に水を差すようで悪いけど、私はトイレを我慢していたのだ。

生理現象は止められないし、これから時間は沢山あるので、ダンジョンにずっといる必要もない。

「じゃあ、帰ろう！」

「了解！」

兄が同意し旭があとに続いた。

先程出した四人掛けテーブルや椅子やコーヒーカップを収納する。

もうこのダンジョンには戻らないと旭に伝え、忘れ物がないよう、必要なものを収納してもらう。

そうして私たちは自宅へ帰った。日本と同じ景色を見た旭は少しのあいだ唖然としていた。

「とりあえず、シャワーを浴びさせてほしい！」

自宅に着いた途端、そう旭が言う。

彼が風呂に入っている間に着替えを用意する。

旭は兄とは十センチくらい身長差がありそうだったな……

アイテムボックスから体に合いそうなものを選んで脱衣場に置いたあと、兄と二人でこれからどうするか相談する。

兄は居酒屋へ行って、六年振りに再会した親友とお酒を酌み交わしたいらしい。

旭がシャワーから出てくるのを待って、徒歩で行ける近所の居酒屋へ向かった。

二人は飲むので、飲酒運転はさせられないからね。

ちなみにホーム内の全ての店は二十四時間営業で現在は深夜一時。

昼夜逆転生活を送っているから二十四時間営業なのは嬉しい。

電子メニューから、二人は飲み放題コースを注文し、私はグレープフルーツジュースを選んだ。

飲めないから飲み放題コースを選ぶと損するんだよね〜。

店によっては人数分頼まなきゃいけない場合もあり、あまり居酒屋はいきたくない。

人数分を頼まなきゃいけないお店は、飲めない人のことも考えてほしいと思う。

枝豆、手羽先、だし巻き卵、ホッケ焼き、揚げ出し豆腐、串カツ盛り合わせ、焼き鳥盛り合わせを電子メニューで注文する。すると、瞬時にテーブルの上へ飲み物や料理が置かれた。

それを見た旭はかなり驚いていた。

「まずは、乾杯〜！」

「「乾杯〜！」」

兄の発声で、皆グラスを上げる。

「あ～、ビールが美味しい～！」

旭が生ビールを一気飲みしている。

十一年振りだからね、どんどん飲んじゃって。

兄も親友と一緒にいられて嬉しいのか、いつもよりビールが進んでいる。

職場も一緒だったし、旭が亡くなった時の兄の落ち込みようは半端なかったからなぁ。

私は社会人になってから、旭と頻繁に会う機会がなかった。

旭と兄は飲んで笑って泣いてと大騒ぎし、今は抱き合いながら泣いている。

これだから、酔っぱらいは……

私はテーブルの上に二万円置き、しれっと一人で帰宅した。素面《しらふ》のままじゃ付き合いきれないわ。

どうせあのまましばらく飲んだ帰りにラーメンでも食べたあと、兄の部屋に泊まるのだろう。

放っておいて問題ない。ああ、部屋に布団だけ敷いておくか。

自宅に戻ると深夜二時だった。

いつもならまだダンジョン攻略中のため眠くならない。

一人でお茶を飲みながら、改めて今日のことを振り返った。

私同様、この世界に来ている人間がいるなんて思わなかった。

しかも、それが知り合いとは、なんだか不思議な運命に導かれているような気もする。

もしかしたら、この世界に……

◇　◇　◇

翌日の午後三時を過ぎる頃、二人は帰ってきた。

昨日の深夜一時から帰宅するまで十四時間だから、完全に明日は二日酔いだなこりゃ。

兄に、もし行けそうなら、明日ダンジョンの地下一階の安全地帯で女性たちの治療をしてほしいと伝え、二日酔いの薬を渡しておいた。

◇　◇　◇

翌日朝五時。

兄が冒険者の格好をしていたから、二日酔いは治ったのかなと思い、予定通り、地下一階の安全地帯へ向かい、いつものように女性冒険者を治療する。

そのあとダンジョンを出てギルドに向かう。

冒険者ギルドで換金すると、地下一階から地下九階の魔物しかないので、解体場のサムおじさんが少し寂しそうだった。

きっと地下十階の魔物の素材を期待しながら待っていたんだろう。

いや本当に、私もドラゴンを見せてあげたかったよ！

旭を見せても仕方ないしなぁ～。


無事に換金が終わり、ダンジョンも攻略してしまったのでやることがなくなり、自宅アパートに帰る。

「お兄ちゃん。ダンジョン攻略終わっちゃったし、もうこの町に用はないから他のダンジョンへ行こう！　自分のマンションに行くこと、諦めてないんでしょ？」

「そうだな、レベル上げをしないと」

「じゃあ、やっぱり迷宮都市じゃない？」

以前エリザベスさんに聞いたところによると、迷宮都市は最深層攻略組が十八階にいるらしい。

迷宮都市……なんだか言葉の響きが素敵だ。

地下三十階層までのダンジョンらしいから、楽しみで仕方ない。

宝箱や隠し部屋はあるのかしら？

そして地下三十階にいるのは、今度こそドラゴンがいい。

なんとかテイムできないかな……

地下十階から出現するのはどんな魔物だろうと考えるだけで、ワクワクしてくる。

リースナーのダンジョンは迷路だったけど、小説では森や海のダンジョンとかもあるから、海の生き物がいたら大きな海老や蟹がきっと食べ放題だよ！

「それじゃあ、この町ともお別れだね。今後は三人で頑張ろう！」

「早くレベル30まで上げてくれ！」

「了解！　旭に明日の朝、出発すると伝えておいてね」

そうして私たちは旭と共に、二年過ごしたリースナーの町を出た。

これからハンフリー公爵領を出て、迷宮都市へ向かうのだ。

馬車に乗る時は以前路上生活をしていた子供たちが泣きながら手を振ってくれ、私も大きくなった彼らを思い涙を零し、手を振り返す。

仲良くなった女性冒険者たちや深層攻略組の冒険者たちも見送ってくれたけど、兄のほうを見て泣いてる女性が多いような？

なぜかギルドマスターのお爺ちゃんも大泣きしており、その隣で解体場のサムおじさんが慰めている姿が見える。

町を出ると知ったギルドマスターから、私だけ餞《はなむけ》の品をもらった。

その時がくればわかる、大切に取っておきなさいと渡されたんだけど……

この笛は一体なんだろう？

普段とは違い、とても真剣な表情だったので凄く気になったけど、好き勝手に吹いていいような物じゃないのだと思い、失くさないようアイテムボックスに収納しておいた。

最初に来た時は治安の悪い町だと思ったけど、いい思い出も沢山できたよ。

あぁ、それからアーサーさんとカインさんは、違法な奴隷商を探し出し、衛兵所へ引き渡していた。

◇　◇　◇

【ある女性冒険者の声】


二年前、偶然馬車で乗り合わせた二人組の少女と少年が、後にとても有名になるなんて、その時は思いもしなかった。

一緒にダンジョンへ向かう途中、この町の女性冒険者として色々アドバイスをしたのを思い出す。

十歳になると町の子供たちは冒険者登録をする。

でもそれは本当に冒険者になりたくてなっているのではなく、大抵はお小遣い稼ぎのためなのよね。

F級からE級に上がるには依頼を二百回受ける必要があるけど、内容は簡単なので二、三か月もすれば誰でも上がれる。

E級からD級、C級に上がるには昇格試験を受ける必要があるんだけど、これで落ちることはまずない。

ただし、ここで冒険者として生活するか他の仕事に就くかわかれていく。

冒険者は自由だけれど不安定な職業であり、怪我を負ったり死亡したりする危険性も高い。

そのため向いてないと思えば、諦めるのだ。

それでも、一攫千金を夢見て憧れる人は多く、私もその中の一人だったけど……

未だに地下一階を拠点にしている時点で、お察しよ。

もう夢を見ることもないわ。

でも私と違ってこの二人はダンジョンを攻略しようとしているんだとか。

少女は少年のことをお兄ちゃんと呼んでいるけど、顔が似ていない。

恋人同士には全く見えないから、幼馴染かもね。

少女は十二歳、少年は十八歳くらいかな?

二人でダンジョンに潜るなんて、かなり危険だと思うけど大丈夫かしら？

この町の奴隷商は汚いことをしていて、かなり評判が悪いから、少女には注意をしておかなくちゃ。

他にも奴隷商と繋がりがありそうなクランの人には、ついていかないよう言っておこう。

しかも見た目が全然冒険者っぽくなく、なんだか小綺麗っていうか……

裕福な家庭に生まれ育ったみたいな感じがする。

特に美しい少女は、男性冒険者や奴隷商から目を付けられやすいため、ここは大人として二人をそっと見守ろう。

マジックバッグの容量もかなり大きそうだし、六人用マジックテントをマジックバッグから出した時はびっくりしてしまった。

折り畳めないから、普通のテントじゃないのがすぐにわかった。

二人パーティーなのに、なんで六人用……しかもマジックバッグの容量を圧迫するマジックテントを使用するのか意味がわからない。

お金持ちだと言っているようなものだと、気が付いてるのかしら？

彼らはマジックテントを設置したため、探索初日からとても注目を浴びていた。

二人が夜に活動を始めてから、冒険者が怪我をする場面があった。

あれはエクスポーションじゃないと治せないほどの大怪我だった。

大抵どのパーティーもリーダーが最低一本はエクスポーションを持つようにしている。

しかし、あのパーティーメンバーはどうやら誰も持っていないらしい。

私もポーションとハイポーションだけは必ず持っているけど、ここはダンジョンだから、エクスポーションを持っていたとしても迂闊に手を出せない。

基本的に他のパーティーメンバーに治療してもらった場合、治療に使ったポーションより、かなり高額な値段を支払う必要がある。

今回の怪我を治すには、すごい大金が必要だ。

探索を中止し町の治療院か教会へ行き治療したほうが安くすむから、パーティーのリーダーも迷っているようだった。

すると、なんと少年が駆け出して怪我人を治療してしまった！

あぁ、これは、ダンジョンでの治療について、よく知らないようね。

治療してもらった人は諦めた顔をして少年と一緒にテントへ入っていき、パーティーメンバーはなんともいえない顔をしている。

少女のほうを見ると、やはりわかっていないらしく、テント内に連れていかれる少年を不思議そうな表情で見送っていた。

治癒術師の治療を受けた時は、お礼としてお金を払うのが基本となる。

ヒールは消費MPが高いため、他人に使用してしまうと自分たちのパーティーを危険に晒すことになるからだ。

魔法を使用できるのは王都の魔法学校に通い、高額な授業料を払える貴族か裕福な商人の子供だけだし、光魔法の使い手は非常に少ない。

だから事前に治療をしてほしいか確認してから、治療するのが当り前なんだよね〜。

まさか少年が治癒術師だとは思わず伝えるのを忘れていたわ。

命の危険を伴う切迫した状況でもない限り、高額な魔法の治療を受けるのは負担となるし、今回の怪我は地上に帰還すれば治療できる程度のものだった。

でも、既に治療後では断われず、女性は対価を払うしかない。

あの少年、あとでパーティーメンバーの女性たちに恨まれるだろうなと思っていたら、数分も経たずテントから出てきてしまった！

治療された人は動揺しているようで、リーダーが何があったか確認する声が聞こえる。

聞き耳を立てていると、なんとあの少年が対価はいらないと言ったらしい。

対価を断るなんて初めて聞いたけど、魔法を使える人は魔法学校を出ているのが前提だからやっぱり商人の息子で、大金持ちなのかしら？

しかもエクスポーションに該当する光魔法が使えるのなら、治療院で稼いだら超高給取りになれる。

ここの地下一階での稼ぎより、はるかに多いのになぜ冒険者をしているのか不思議でしょうがない。

さらに、その後少女から驚きの提案があり、少年に治療してもらった際、ダンジョン価格ではなく該当ポーションの値段分、路上生活の子供たちを支援してほしいと言ったのだ。

そして毎週土曜日は教会の炊き出しへ参加しているから、探索のない日に手伝ってくれると嬉しいと……

私たち女性冒険者は、そんな馬鹿な話があるのかと夢を見ているようだった。

その場で治療してもらえば手持ちのポーションを使わなくて済むし、探索を諦めないことで収入も増えるから、怪我の心配をせず活動できるのは本当に助かるのだ。

ここにいる八組の女性冒険者たちは、もちろんその提案を大歓迎した。

けれど、路上生活の子供たちへの支援を始めると、自分たちがいかに周りを見ていなかったか気付かされた。

鉄貨一枚でパンを三つ買えると知っていても、それがどれだけのことをもたらすか全く理解していなかったのだ。

まるで反省を促されているような気分になると同時に、私の半分にも満たない年齢の子供のほうが周りをよく見ていたなんて恥ずかしい。

私たちは現状を知り、一度も参加したことのなかった教会の炊き出しへ交代で手伝いに行き、思った以上の子供たちが路上生活をしている事実に愕然となった。

百人くらい、いるだろうか?

全員にいき渡るよう、少女はパンや野菜や肉を購入し、スープを作っていた。

百人分のスープを作るには野菜を沢山切らなければならないから、それだけでも大仕事なのに……

そして帰り際、子供たちにドライアプリコットの入った巾着を渡しており、それを入れる作業だって百人分もあれば時間が掛かると思う。

一体どれだけの時間を、この少女は犠牲にしているんだろう。

大人の私たちはただスープを運ぶだけで、それほど手間は掛かっていない。

さらに月曜日の炊き出しは全員分揃わないから、食べられない子供たちにパンや串焼きをあげてほしいと頼まれた。

ポーション一本の値段で、どれだけの支援が可能か考えてみる。子供たちに十分いき渡る数だ。

そうしている間に、やっぱりスープがないのは可哀想だと思い、月曜日の炊き出し分は少女の真似をして自分たちで作ろうと決める。

シスターへ、私たちが作るので魔道調理器と寸胴鍋や調理器具を貸してほしいとお願いしたら、あれは少女が購入したものだから本人に確認を取ってくださいと言われて、またもや恥をかいた。

この町に来てまだ少ししか経っていないのに、炊き出しをする魔道調理器と寸胴鍋や調理器具を購入していたのか……

私はもう十年以上は同じ町で暮らしているというのに、なんと情けない。

実際に炊き出しをすると、とても大変な作業だとわかった。

冒険者の私たちは基本夜八時から朝五時まで探索をするため疲れているし、宿で宿泊しているから料理担当者以外は基本的に料理をしない。

そのため最初は、じゃが芋の皮を綺麗に剥くのも大変だった。

何人かは包丁で指を切っていたしね！

八人で準備したのに、凄く時間が掛かり、子供たちを随分待たせてしまう結果となる。

この作業を少女が一人でしていたなんて信じられないわ！

いかに大変な作業か体験した三十二人の女性全員が、ドライアプリコットの詰め替え作業は私たちがやろうと言い、交換分の巾着とドライアプリコットの代金を出し合った。

少年は、怪我をするとすぐに治療してくれるから大人気だ。

毎回傷口を丁寧にウォーターボールで洗い流すのだけが不評だったけど、MPの無駄遣いじゃないかしら？　治療院で、そんなのされたことないんだけどな～。

出血が多い時には、最初に傷口より上の部分を紐で縛っていたわね。

いやいや痛いから早く治療してほしいのよ！

そしてそんなに水を掛けたら激痛が走るんですけど……とは、なぜだか治療時の少年には怖くて誰も言えなかった。

ある時、かなり酷い状態の怪我人が出てしまった。

右腕が千切れかけていたので、これはもうエリクサーじゃなきゃ治らないかもしれない。

そのパーティーは、お通夜のようだった。

エリクサーは王都にしか売っていないし、貴族じゃないと買えず、この町の治療院では治せるかどうかわからないからだ。

利き腕を失ったら冒険者として活動できなくなり、四人パーティーの一人が抜けると三人でダンジョンを攻略するのは無理だろう。

ここには二人でダンジョンを攻略する、規格外のパーティーがいるけどね。

それなのに少年は普段と同じように傷口を紐で縛り、水をこれでもかと掛けなんと治療してしまった！

その場にいた全員が思っただろう。どうして冒険者なんかやってるんだ⁉

これだけの腕があれば、宮廷治癒術師としてエリート街道を進めるじゃないかと……

半年後、二人は深部を目指したいらしく、拠点を地下一階から移すと言う。

私も少し引き留めてみたけど決意は固そうで、優秀な治癒術師が三時間毎に診てくれることはもうないだろうなぁとがっかりする。

二人で深部を攻略すると聞き正気かと思ったと同時に、なんとなく問題ないかもしれないと考えていた。

二人は全然大変そうに見えずむしろ楽しそうで、怪我をしているのは見たことないし、少年が少女の怪我はすぐに治すだろう。

二人が地下一階にきてから、皆が月から金曜日の探索へ切り替えたのは内緒だ。安全は自分から選ばなくちゃ。

それでも探索を開始する月曜日の夜九時と探索終了の土曜日の朝五時には、毎回治療しにきてくれたんだけどね。

そんな二人にお世話になりつつ、今どこを攻略しているか聞いてみると、なんと地下四階だった！

ある日、見知らぬテントが設置され、しかも全く顔を見せない二人のことは、随分と話題になったようで、その後は三か月毎に一階層下へ潜っている。

このまま最速で深層攻略組と合流するんじゃないかしら？

少女が地下五階にゴブリンがいて嬉しいと言った時は、なんの冗談かと思ったけど……

だってE級とD級の間に腐るほど討伐したじゃない！

地下八階の深層攻略組のエリザベスさんに二人の話を聞いたら、そこでも少年が治療しているとのことだった。

さらに、挨拶代わりに渡されたタオル？　がとてもいい品らしく、「知らない間に王都で売り出したのかね～」と首を捻っていた。

珍しい品のようで、見せてもらい触ると、ふわふわで私も欲しくなった……

でも高そう！

二人共それはやりすぎだから自重しなさい。三十名全員に渡し、男性冒険者は引いてたみたいだ。

そして地下八階も三か月で終了してしまったらしい。早すぎだから！

二人が十一年振りに地下九階へ拠点を移した時は、冒険者全員の大きな話題となった。

なぜか地下八階に突如オリハルコンゴーレムが出現するようになり、当時の最深階攻略組は拠点を地下八階へ移したのだ。

クランなんてものも知らない間にできていたし、迷宮ダンジョンでもないこんな小さい町の浅い階層へ出現するなんて不思議よね〜。

二人がダンジョンを攻略するようになってから、リースナーの冒険者ギルドの収入が増えたのか、ギルドマスターは王都で年一回ある冒険者ギルドマスター会議へ喜んでいくようになった。

皮の状態がとてもいいため、商人から接待されるようになったんだとか……

そのせいか少女が教会で炊き出しをしていると聞いたギルドマスターが、ちょこちょこ炊き出しに現れるようになった。

普段は厳格なギルドマスターが、子供たちと一緒に並びスープを美味しそうに食べている姿を見ることになるとは……

少女の前でニコニコと笑っているのは、まるで別人のようだった。

そうして有名になった二人は、子供たちへ十軒の家と全ての生活用品を与えた。

もう、本当に驚いたなんてもんじゃない！

炊き出しをして仲良くなった子供たちの家に料理を作りにいった時は、さらに驚いたわ。

少女とした約束事の内容に、部屋や子供たちの清潔さに、それを頑なに守ろうとする子供たちの意思の強さに……

それは少女が与えた子供たちへのなによりの贈り物だった。

深層攻略組のパーティーリーダーの名前が付けられた表札がある家に住む子供たちに手を出す馬鹿はいない。

リーダーの名前が気になるらしく、パーティーメンバーが足しげく通っているのも牽制になる。

もう冒険者登録に必要な銀貨一枚を払えず、冒険者になれない子供はいなくなるだろう。

評判の悪い奴隷商に手を貸していたクランの人間は、衛兵に連れられ犯罪を暴かれたのち鉱山送りとなり町の治安も大分よくなった。

この町に来て二年後に二人は迷宮都市に向かうと言い、あっさり去っていった。

突然、見知らぬ青年が一人増えていたけど……誰⁉

多くの人間に惜しまれ、あれほど見送りの数が多い冒険者は初めてだろう。

子供たちは全員泣いていたし、少年を狙っていた女性は悲しんでいた。

ギルドマスターは、違う意味でも泣いていたようだったけどね。

私の人生に最も影響を与えた人物は、一人の小さな少女であったことは間違いないだろう。

パン三つ、鉄貨一枚の値段とともに……

第四章　再びミリオネの町に

リースナーの町を出て迷宮都市へ向かうには、ハンフリー公爵領から南へいったリザルト公爵領へ行く必要があり、馬車で二週間程度掛かるらしい。

その間にあるいくつかの町に泊まる必要があるので、私たちは一度ミリオネの町へ寄ることにした。

あれから二年、子供たちはどうしているだろうと思いながら馬車に揺られて半日後、久し振りにミリオネの町へと帰ってきた。

最初に購入した小さな子供たちの家へ向かう。当時五歳の子供は六年半経った今十一歳だから、E級冒険者となり角ウサギを狩っているかしら？

家を覗いてみると、まだ冒険者登録できない女の子が一人で留守番をしていた。

「こんにちは～」

「おねえちゃん！」

私の顔を見るなり走り出した子供が抱き着き、その力強い突進を受けてよろめく。

すると目線の高さの違いに気が付いた。

この子はまだ小さな子供だったのに、順調に育っているようで安心する。

旭のことを凄く不審な目で見ていたから、リースナーの町でできた友達だと紹介した。

他の皆は森へ討伐依頼を受けにいっているらしい。

お昼ご飯は食べたようだったので、今ここに住んでいる人数を聞き、パンパンになるまで詰めたドライアプリコット入りの巾着を渡した。

さらに、一度も使用していない解体用ナイフを、冒険者になったら使ってほしいと言ってあげた。

討伐依頼を受けている子供たちは、夕方に戻ってくるだろう。

夕食は私が作るから楽しみにしててねと言い家を出る。

そのあと、同じように四軒回りながら現在住んでいる人数を確認し、留守番をしている子供へ巾着を渡す。

私たちがミリオネの町から去ったあとでも、子供たちは家を綺麗な状態に保っているようで、ちゃんと交わした約束事を守っていたから私も約束を守らないとね。

ご褒美に美味しい料理を沢山食べさせてあげよう！

家の庭で簡易テーブルを出し料理を始める。

ミリオネの町へ寄ることを決めた時に、事前に準備しておいたカット野菜とお肉。

今回は角ウサギじゃなく、ファングボアだ！

これをめいっぱい鍋に入れ、油で炒めたあと、水を加えローリエに似た葉と今回はコンソメも加え、野菜を煮込んでいる間、兄と旭にお願いし、パンと串焼きを人数分購入してもらおう。

換金しなかったコカトリスの卵を使用し、塩と砂糖を入れた卵焼きを大量に作り大皿へ盛る。

今回は自重しないのだ！

実はこれ、私も一度食べてみたかったんだよね〜。

コカトリスの卵は殻の値段がほとんどで、中身は銀貨一枚程度らしい。

殻は一体何に使用されるのか気になったけど、中身の卵を食べた後でも換金可能なほうが重要だ。

私も一切れ食べてみたけど普通の卵より少し味が濃いような感じがした。

プリンを作ったら美味しそうな感じ。

ダチョウサイズで、なかなか割れないので兄に光魔法で切ってほしいとお願いしたら、オリハルコン製の解体用ナイフの出番がついにきた！　と取り出したため殴っておいた。

もう絶対出番ないから、そもそもミスリル製のナイフだって使用する機会がないのに……

旭も呆れてるじゃん。殻は後で換金するので綺麗に洗ってから収納しておこう。

夕方、子供たちが依頼を終え帰ってくると、お姉ちゃん〜と次々に抱きつかれて、モテモテな気分を味わった。

ただ、十二歳以上の子供たちは私の背を全員追い越しており悲しくなる。

毎日食事ができるようになったお陰で、成長したのだと思うことにしよう。

うん、子供が大きくなるのに問題はない。問題は私の身長が伸びないことだけだ！

各自家からスープの器とスプーン・フォークを持参し並んでもらい、いつものごとく具材の比率が間違っているスープを手渡し、兄と旭にはパンを二個、串焼きを一本ずつ配ってもらう。

「あれ？　いつものスープと味が違うんだね。お肉も角ウサギじゃないみたい」

「うふふ～、ダンジョンで狩ったファングボアのお肉だよ～」

「え～!?　僕、初めて食べるよ！」

「この卵焼きも甘くて美味しいね～」

具沢山のスープと卵焼きに皆大満足のようだ。お腹いっぱい食べてね！

子供たちがご飯を食べている間、使用しなくなったマジックバッグ、革鎧、盾、槍や、リースナーの町で購入した新品のマント等を、大きな布の上へ出していく。

食事を終えた現在最年長の子供に、仲良く皆で分けてねとお願いし、明日の朝もまた料理を作るから食器持参できてほしいと伝えた。

一度自宅へ戻り明日のデザートのリンゴをウサギの形に切っておいた。

この形が、なんか可愛いのよ～。

果物は甘くて美味しいから皆喜ぶだろうと思いながら、朝食に使用する野菜とお肉のカットを済ませ収納しておく。

兄と旭の二人は車で外食に出掛けた。

アパートから半径二十五キロ内にある飲食店は多いし、旭は十一年間なにも口にしなかったらしいので沢山食べたいものがありそう。

今度、大好きなオムライスを作ってあげようかな?

翌日、子供たちの家の庭で朝食準備を始め、もう一度食べたいと言う子供たちからのリクエストに応えコカトリスの卵焼きを大量に作った。

卵はこの世界では高級品で、一個鉄貨二枚もするから普段は食べられない。卵一個じゃお腹は膨れないし、一緒の値段ならパンを六個購入したほうが経済的だろう。

昨日と同じ具沢山スープと、兄たちから手渡されたパンと串焼きを嬉しそうに食べる姿を見てほっこりする。

スープにはファングボアの肉が沢山入っているから、角ウサギの串焼きと合わせ今朝はお肉がいっぱいだ。

子供たちが食事を終えた頃にデザートのりんごを取り出すと、初めてウサギリンゴを見た子供たちは大興奮していた。この世界に飾り切りの文化はないのかもしれないなぁ。

またくることを伝え、家に帰る子供たちを見送り、旭の冒険者登録をしてスキップ制度を利用するため冒険者ギルドへ向かう。

知らなかったけどギルドマスター立ち会いのもとで、討伐の様子を見てもらうと、C級まで上がれるらしい。

ついでに前回ローリエに似た葉の採取に森へ行った際、討伐した角ウサギとボアとベアとウルフを換金する予定でいる。

マッピングを使用して内緒で行ったから、換金できなかったんだよね～。

ギルドマスターに旭がスキップ制度を利用したい旨を伝えると、これからでも大丈夫と言われたので一緒に付いていき討伐の様子を見ることにする。

旭はライトボールをボアの眉間へ一発撃って倒し、血抜き処理もしっかりしていた。

合格判定を受けたのでギルドマスターには帰ってもらい、私たちは再びベアのいる場所へローリエに似た葉の採取に行く。

道中出てきたゴブリンは、石化魔法のレベル上げに利用しよう。

兄よ……ついに日の目を見たからといって、解体ナイフを空に掲げないでよ恥ずかしい。

ミスリルとオリハルコンの切れ味の違いを旭と楽しそうに比べており、外科医二人は妙なところで気が合うようだ。

前見た時は呆れていたのに、旭も欲しいとか言わないで！

ゴブリン討伐じゃなくローリエに似た葉の採取にきたんだからね！

魔物を狩っていたら、森の中で怪我をしている子供を見つけたため、旭に治療をお願いすると、お約束のように水をかけていた。

ローリエに似た葉の採取を終え冒険者ギルドに戻り、アイテムボックスに収納した魔物も忘れず換金する。

旭も無事Ｃ級冒険者に上がって、一緒に迷宮都市へ行けるようになった。

ダンジョンに入るにはＣ級冒険者の資格が必要だからね。

どうしようかと悩んでいた問題が解決しほっとする。

この制度を教えてくれたパーティーリーダーのアーサーさんに感謝しよう。

Ｆ級からＣ級になるため必要な四年間を待たずに済んだのはとても大きいし、兄も親友と一緒にダンジョンを攻略できるので、その分狩りの負担が減るだろう。

私たちより先に転移しているから、旭のほうが魔物討伐は慣れているはずだ。

アイテムボックス内には十一年間で狩った魔物を、いつか換金しようと思い全て収納済みだと言っていた。

その後、独り立ちし宿で暮らし始めた子供たちにも会い、七年が過ぎたことを実感する。

薬草採取の方法を教えてくれたマーク君は可愛い彼女を紹介してくれたんだけど、彼女の視線が鋭かったのは気のせいかしら？

その日、午後便の馬車になんとか間に合った私たちは、笑顔の子供たちから見送られてミリオネの町を出る。

そういえば旭がダンジョン生活していた十一年間で狩った魔物の換金を、すっかり忘れていたと気付いて、あれほど盛大に見送られたのに、またリースナーの町へ戻ってきた。

ダンジョンで亡くなった冒険者のマジックバッグに旭が倒した魔物を入れて、こっそり解体場のサムおじさんに換金をお願いしたら、大量の素材に感謝された。

旭が金貨に舞い上がっていたよ！　はいはい、落ち着いて。

一日分予定が変更になったけど別に急ぐわけじゃないので明日の朝、リースナーの町を出発することにした。

迷宮都市へは馬車で二週間の距離だから、今からお尻が心配で仕方ない。

この世界の馬車は道が舗装されていないのもあってかなり揺れるため、兄に何度もヒールを掛けてもらう必要がありそうね。

ダンジョンマスターの役目から解放された旭は、これから経験する冒険者としての活動への期待で胸がいっぱいだろう。

馬車から見える異世界の景色も楽しみにしているのか、兄へ次々と質問していた。

仲のいい二人のやり取りを見つつ、私もこれから向かう迷宮都市に思いを馳せる。

三人パーティーの私たちは見た目が若くそれだけで目立ってしまうから、できれば早くレベルを上げ、家族を召喚してパーティーメンバーを増やしたい。

今は旭がいるし、兄と二人だった時より、安全に攻略できるだろうけどね。

それに日本で亡くなった旭と私が異世界にいるのなら、もしかしてあの子に会えるかもしれない。

旭がダンジョンマスターだったように、異世界のどこかで……

番外編

【ハンフリー公爵の嘆き】


私はハンフリー公爵の嫡男として生まれ、王都の魔法学校で出会った妻と貴族では非常に珍しく恋愛結婚をした。

結婚後、間もなく一人娘のリーシャが生まれ、私たちの生活は幸せに満ち溢れていた。

しかしその幸せは長く続かず、妻が病気を患ってから、幸せに影を落とすことになる。

たった十一年で結婚生活は終わりを迎えたのだ。

最愛の妻であるファイナがこの世を去ってから一年間は悲しみにくれていたが、まだ幼いリーシャがいる。

父親一人で育て上げるのもこの先満足にはできないだろうと、一人娘のリーシャのため、私は弟から紹介された、子持ちであった未亡人のリンダと再婚した。

亡くなった妻以外との子供を作る気がなかったこともあり、寝室は別でいいと同意し、同い年の娘もいるから子育ては任せてほしいと言う彼女を信じた。問題ないだろうと判断したのだ。

愛情はなくリーシャのためだけに再婚したのがよくなかったのか、リンダと再婚して一年後に王都の社交から帰ってきた私は、娘からとんでもない事実を聞かされる。あの時は、目の前が真っ暗になり倒れてしまいそうだった。

私がいない間、虐待されていただと!? 娘が服を脱いだ瞬間、体が痩せ細り服で隠れている部分が痣だらけになっていたのを見て、怒りで気が狂いそうになる。

現状を確かめるべく娘が生活していたという三階にある使用人部屋を確認すると、確かにその部屋の洋服ダンスには庶民が着るような子供サイズの服と下着が一着。そして手拭いのようなものが置いてあった。

娘にこんな服を着せたのかと再び頭に血が上るが、娘付きのメイドから話を聞くまではと堪えた。

書斎でメイドから話を聞き、納屋の中に監禁していたとわかりはらわたが煮えくり返る。

三階で生活していた時は、野菜くず入りの冷えたスープとパンだけの食事しか与えられなかったとメイドは泣く。

十二月の寒いこの時期に暖房もない納屋に、食事はパン二つだけを与えて二日も閉じ込めていたなど正気の沙汰ではない。下手をしたら死んでしまうじゃないか!

同じ子供を持つ親として、やることが限度を超えている。このままだと娘は殺されてしまうかもしれない。

娘とメイドを伴い一階のダイニングまでいき再婚相手の女を問い詰めたが、なんと体の痣は娘が自分で付けたものだとぬけぬけと答える。

すぐに反省して、謝ったのなら追い出すぐらいで許そうかと思っていたが、これではとても温情をかけられん。問答無用で執事とこの一年で交代したメイド四人も屋敷から追い出した。

その後、リーシャと一緒に食事をしたが、私は自分が情けなく中々楽しい話題を振れず困った。

娘が美味しそうに食べてくれたことだけが幸いである。


その夜、後妻に虐待されていた事実を、娘から告白されるまで気付かなかった自分を責めた。

今まで領地経営に忙しく、子育てはメイド長や後妻へ任せきりにしていたのだ。

今思えばリーシャは再婚した頃から口数が減っていたし、顔色もよく見れば悪かったように思う。

後妻がどんな人間かわからないのに、リーシャに日々のことを尋ねさえしなかった。

リーシャの実の母親ではない人間が家へ入り込むのだから、私がもっと気を配るべきだったのだ。

せめて二人きりの時間を持ちリーシャが話しやすい環境を整えていたら、あれ程ボロボロになるまで後妻から虐待され続けなかっただろうに……

私は本当に父親失格で娘を可愛がるだけでは駄目だった。これからは親として子育てを積極的に頑張ろう。子供の些細な変化も見落とさないよう、注意しなければいけない。

そう心に誓って眠りに就いた。


翌日の朝、娘を起こしにいったメイドから、娘も部屋のものも全てなくなっていると聞かされた時は、何が起こっているのか理解できなかった。この公爵邸内で誘拐や物取りなどできるはずがないのに。そして執事、再婚相手、連れ子の部屋も同様だと言うのだ。

すぐ門を守っている護衛に確認したが、誰も門を潜ってはいないと言う。

ハンフリー公爵領内を捜しまわったが娘は何処にも見つからず、王都でも伝手を使い捜させたが発見したという報告はこなかった。

私の怒りは収まらず、再婚相手を紹介した弟に対し今後一切の援助を打ち切ることにした。

公爵家の後を継げない弟は伯爵令嬢と結婚していたが、借金があり私が返済をしていたのだ。

次に再婚相手の実家である侯爵家へ乗り込み、当主であるリンダの父親へ、リンダが私の娘にしたことを教えて貴族籍を剥奪し、ハンフリー公爵領から出ていくよう命令した。

これから二人は、娘にした仕打ちと同然の生活を送るだろう。一生、庶民として生きるがいい！

そうして約七年の月日が流れたが、十九歳になる娘の消息は未《いま》だつかめず、毎日祈るような思いで娘が見つかったという報告を待っている。

妻に先立たれ娘さえも行方不明となり、私の人生は深い闇に覆われており、娘が無事に生きていると信じて待つしかなかった。

亡き妻よ……最近私は体の調子が悪く、もうこの先長くはないかもしれない。生きて娘に再び会えるまで頑張るつもりでいるが、お前も応援してくれないか。

最愛の娘リーシャ、どうか不甲斐ない父親である私を許してほしい……


【リンダ・ハンフリーの声】


私は侯爵家の三女として生まれ、親に勧められるまま伯爵家の嫡男に嫁いだ。

今思えば三女だった私に、伯爵夫人の人生は恵まれていたと思う。けれど、同じ魔法学校で知り合った公爵家の嫡男と結婚して今は公爵夫人となった、伯爵令嬢であるファイナとの境遇の違いを妬んでいた。

公爵家の嫡男は私が密かに片思いをしていた相手だっただけに羨ましく、自分の結婚相手である冴えない夫が煩わしいとさえ思えてしまうのだ。

もし公爵夫人としてあの人と一緒になれたなら、自分はもっと幸せな生活を送れたに違いない。ドレス一着を新調する度に、いちいち夫の顔色を窺うこともなく宝飾品だって好きに買い、娘もお茶会へ着ていく服がないと泣いたりしないで済んだだろう。

そんな鬱々とした日々を送る私に、公爵夫人であったファイナが亡くなった知らせが届き、これは公爵へ取り入るチャンスだと私はある計画を実行に移した。

夫の食事に少量の毒草を混ぜて食べさせ続けると、夫は半年後に亡くなり私は未亡人となった。

伯爵家は次男が継いだので、私たちは王都にある実家の侯爵邸へ戻り情報を探っていく。

社交界では未亡人となった私が公爵に接触するのは難しく、公爵の弟と結婚した伯爵夫人のお茶会で、さりげなく公爵と同い年の娘がいることや子供好きであると伝えていった。そして公爵が再婚するつもりだと知り、紹介してもらえないかと頼み込んだ。

公爵が出した結婚の条件の内、夫婦の寝室は別というのは不満だったけれど、一緒の家に住んでいるのだから、公爵の子を作る機会は幾らでもあるだろうと条件を呑んだ。

そして私は念願の公爵夫人となり娘は第二公爵令嬢となった。

もう惨めな思いをする必要はなくなり、夫人として使えるお金が沢山ある。後は跡継ぎを産み幸せになるだけだと思っていたが、事はそう上手く運ばなかった。

公爵は私の部屋を一度も訪れず、娘のリーシャを溺愛していたからだ。

私の娘にも、伯爵夫人だった頃より大きな部屋やドレスを与えてくれてはいたが、どう見てもドレスの品質や量が違う。実の娘を優先するのは仕方ないだろうと思い、跡継ぎを産む方を優先しようと公爵へ迫ったが相手にされず、焦りばかりが日に日に募っていった。

その内ファイナそっくりの娘が原因だと感じるようになり、リーシャが疎ましくなっていった。

そんな最中、執事から公爵夫人の予算をこれ以上渡せないと言われ、腹立たしい気持ちになる。公爵と寝室を共にしない私は執事やメイド長から軽く見られ、公爵夫人としての振る舞いを咎められるようになり、益々苛立ちが募るばかり。

これでは、折角公爵と結婚した意味がない。

私は執事を追い出そうと決め、何度も執事に体を触られたと公爵に泣きながら訴えると、公爵は簡単に話を信じ、新しい執事は信頼できる者にすると約束してくれた。

私は伯爵邸に住んでいた時の執事の息子を呼び、公爵夫人である私の娘とリーシャの予算を誤魔化すよう指示を出した。

メイド長は私の部屋から宝石を盗んだ罪を着せて首にし、実家の侯爵家で私付きだったメイドのカリナを呼んだあと、三人のメイドを交代させ自分の味方を増やしていった。

公爵が不在になった際、私はリーシャを躾と称し何度も棒で叩いた。リーシャ付きのメイドを、首になりたくなければ余計なことは言わない方がよいと脅し、ごめんなさいと泣きわめくリーシャを納屋へ閉じ込め、私に逆らえないよう痛みを与え教え込む。

リーシャの部屋も服も食事も全て取り上げ自分の娘に与え、代わりに使用人の部屋と庶民が着る粗末な服や食事を与えることで、やっと胸のすく思いがした。もちろん、公爵がいる間は優しい母親を演じ続けた。

私が公爵夫人となり一年が経った頃、幼いリーシャに味方はおらず、従順で大人しくなった彼女を十六歳になったら嫁がせようと計画していた。そうして私が公爵の寵愛を受け、跡継ぎを産む機会を狙っていたその年の暮れ。

王都での社交から戻った公爵に、リーシャを虐待していたと暴露される事態が起きる。

まさかと思いリーシャの顔を見るが、無表情で感情を読み取るのは無理だった。

どうせ幼い少女だ。いくらでも言い含められるだろうと高を括っていたが、公爵はリーシャの体を確かめ三階の部屋の確認をし、リーシャ付きのメイドから証言も取っていた。

私たち親子は言い訳することも叶わず、公爵邸から護衛に引きずられ追い出される羽目になった。父親に知られることだけは避けなければならなかった。

着の身着のまま追い出された私たちにはお金がなかったため、身に着けていた指輪とネックレスを売り当面の資金を作った。そして馬車に乗り伯爵邸へ向かい、伯爵家を継いだ義理の弟へ姪《めい》の顔を見せにきたと嘘を吐き泊まらせてもらった。

数日後、父である侯爵に見つかり私たちは貴族籍を剥奪され、庶民として生きるよう言われ、さらにはハンフリー公爵領から追放されると聞き、愕然とした。

着ている服は没収され、庶民が着るような古着に着替えさせられたあと、四人乗りの町馬車に押し込められ、ハンフリー公爵領から追い出された。

自分が粗末な格好をしているのが嫌で堪らず、貴族として生きてきた私たちは大変な屈辱を感じ、どうして自分がこんな汚い服を着なければならないのか悔しく思う。

娘を見ると、表情はなく何を考えているのかわからない。こんなはずではなかった。公爵の子供を産み、家族四人で幸せになる予定だったのに……

馬車を降ろされ着いた場所は小さな町で、手元には追い出された直後に換金した宝飾品の代金銀貨二十枚があるだけ。宿へ泊まるにも碌な部屋はなく、一泊朝食付き銅貨五枚の宿を見つけ一か月分の宿泊費を払った。

侯爵令嬢として生まれた私に働いた経験などない。このままだと手持ちのお金はすぐになくなってしまうだろう。娘は私を恨んでいるのか会話しようとせず無言でいる。できれば裕福な商人と再婚したかったが、娘がいるためそれも難しかった。

それから一か月後、農家に雇われ納屋で生活を始めた。食事はパンが一つと肉の入っていない野菜くずのスープで、それは皮肉にも私がリーシャへ与えた食事内容と同じだった。

収入はなく毎日畑仕事をする代わりに、納屋に住むのを許された。冒険者登録料は銀貨一枚必要だから、手元にある銀貨五枚は残しておいて、娘には冒険者登録し稼いでもらおう。

あの時、欲をかかなければ伯爵夫人としての生活を送れていたのに……

最初の夫を毒殺するのではなかった。それにリーシャがなぜ公爵へ虐待されていると、あれほど用意周到に告白できたのかわからず、私はどこで間違ったのか理解できなかった。

娘はあれから一度も話さず、目が合えばお前のせいだと言わんばかりに睨みつけてくる。

一度腹が立ち顔を叩いたら、親の私に向かい容赦なく両頬を叩き返してきたのでそれ以降、娘に干渉するのは止めた。

自分の娘は、何か恐ろしい者へ変わってしまったようだ。

公爵家を追い出されてから七年経った今、娘はC級冒険者となり王都のダンジョンに潜っている。

ダンジョンへ向かってからは音沙汰がなく、娘が今頃どうしているか親子関係が破綻している私には知る術もなかった。

この作品に対する皆様のご意見・ご感想をお待ちしております。
おハガキ・お手紙は以下の宛先にお送りください。

【宛先】
〒150-6019 東京都渋谷区恵比寿4-20-3 恵比寿ｶﾞｰﾃﾞﾝﾌﾟﾚｲｽﾀﾜｰ 19F
（株）アルファポリス　書籍感想係

メールフォームでのご意見・ご感想は右のＱＲコードから、
あるいは以下のワードで検索をかけてください。

アルファポリス　書籍の感想　検索

ご感想はこちらから

本書はWebサイト「アルファポリス」（https://www.alphapolis.co.jp/）に投稿されたものを、改題・改稿、加筆のうえ、書籍化したものです。

自宅《じたく》アパート一棟《いっとう》と共《とも》に異世界《いせかい》へ

蔑《さげす》まれていた令嬢《れいじょう》に転生《てんせい》(？)しましたが、自由《じゆう》に生《い》きることにしました

如月雪名《きさらぎゆきな》　著

2024年5月31日初版発行

編集－和多萌子・宮坂剛
編集長－太田鉄平
発行者－梶本雄介
発行所－株式会社アルファポリス
〒150-6019 東京都渋谷区恵比寿4-20-3 恵比寿ｶﾞｰﾃﾞﾝﾌﾟﾚｲｽﾀﾜｰ19F
TEL 03-6277-1601（営業）　03-6277-1602（編集）
URL https://www.alphapolis.co.jp/
発売元－株式会社星雲社（共同出版社・流通責任出版社）
〒112-0005 東京都文京区水道1-3-30
TEL 03-3868-3275
装丁・本文イラスト－くろでこ
装丁デザイン－AFTERGLOW
印刷－中央精版印刷株式会社

価格はカバーに表示されてあります。
落丁乱丁の場合はアルファポリスまでご連絡ください。
送料は小社負担でお取り替えします。

ISBN978-4-434-33917-2 C0093